« Oui, la détresse est grande, et pourtant [...] je sens monter de mon cœur –
je n'y puis rien, c'est ainsi, cela vient d'une force élémentaire –
la même incantation : la vie est une chose merveilleuse et grande,
après la guerre nous aurons à construire un monde entièrement nouveau et,
à chaque nouvelle exaction, à chaque nouvelle cruauté,
nous devrons opposer un petit supplément d'amour et de bonté. »

Etty Hillesum,
*Une vie bouleversée*
(Lettre du 3 juillet 1943)

## Paris, été 1941

La pluie venait de cesser et déjà le rideau nuageux se déchirait, laissant apparaître le bleu du ciel et le puissant rayonnement du soleil d'un mois d'août. L'odeur des pavés chauds et humides emplissait la ruelle fumante et déserte. L'orage avait rincé la chaussée qui semblait comme lustrée.

Le silence fut interrompu par le carillon d'une petite chapelle qui sonna deux heures. Des claquements réguliers de talons résonnaient dans la ruelle. Le pas était rapide et décidé, puis il s'interrompit.

Hervé s'apprêtait à ouvrir le rideau métallique du petit magasin de prêt à porter féminin. Son regard s'attarda sur le ballet des derniers lambeaux de nuages, le vent les faisait tournoyer et la chaleur du soleil les faisait fondre à vue d'œil.

Il était propriétaire de cette modeste boutique depuis le décès de sa mère, foudroyée par une pneumonie, deux ans auparavant. Couturière, elle avait rassemblé ses économies et la maigre pension de veuve de guerre pour

s'offrir ce pas de porte. Elle avait réussi à en faire un petit commerce de textile et, par son ardeur au travail et la qualité de ses créations, elle avait gagné une clientèle fidèle.
La vitrine était simple et de bon goût. Un buste valorisait un chemisier à la mode. Deux tailleurs classiques étaient suspendus à un portant et on pouvait admirer quelques modèles de lingerie en fine dentelle. A l'intérieur, l'association du bois et des étoffes aux couleurs chatoyantes contribuait à créer une ambiance accueillante et chaleureuse.
Le jeune homme entra. Il posa sa veste grise sur la potence de l'entrée et retourna la petite ardoise indiquant « Ouvert ».

Outre le magasin, il avait aussi hérité du prénom de son père, décédé vingt jours avant sa naissance dans l'explosion accidentelle d'une grenade abandonnée. Hervé Guignard, né le 18 novembre 1918, dans le douzième arrondissement de Paris, aurait bientôt vingt-trois ans. Grand, longiligne, il avait de la prestance. Cheveux bruns ondulés, raie bien nette sur le coté, une mèche couvrait en partie son visage anguleux. « Tout le portrait de son père », remarquait souvent sa mère.

Il avait grandi seul avec elle. Tout jeune, sitôt l'école finie, il rejoignait le magasin et, par une petite échelle de bois, il grimpait sur la mezzanine servant à entreposer les coupons de tissus. Il en avait fait son repaire et, d'en haut, il aimait observer le comportement des clients, s'amusant de leur indécision ou pariant sur leur assurance devant le choix d'un article. Le regard ainsi aiguisé au fil des années, il avait développé un sens certain de l'observation et il était maintenant capable de deviner aisément leurs attentes.

Un petit grelot tinta à l'ouverture de la porte. Une silhouette féminine se dessina dans l'entrée. Vêtue d'un imperméable jaunâtre, une jeune femme pâle au visage fin et souriant s'avança. Des cernes sous ses yeux clairs trahissaient la fatigue. Elle avait probablement travaillé cette nuit, à l'usine des Outils ? Ou était-elle plutôt infirmière ?

Hervé ne l'avait jamais vue dans le magasin. Attirée par la vitrine, elle avait peut-être simplement ressenti l'envie de jeter un coup œil à l'intérieur ? Pourtant, balayant d'un regard les rayonnages, elle semblait à la recherche d'un article précis. Hervé détecta rapidement son besoin. L'orage lui avait donné un indice : le vêtement, à la couleur passée, était trempé et ne remplissait plus son rôle. Il avança :

- Je crois savoir ce que vous cherchez ! Je reviens dans un instant...

La jeune femme sembla étonnée mais Hervé avait déjà disparu dans la réserve. Il revint avec un élégant imperméable bleu marine, cintré à la taille. Elle esquissa un sourire. Comment avait-il deviné ?

- Voulez-vous l'essayer ? proposa Hervé.

Elle retira son vieil imper et enfila l'autre, presque timidement. Son visage s'illumina quand elle se vit dans le miroir. Le bleu de ses yeux semblait plus intense, son visage plus doux encore. Puis son regard s'assombrit quelque peu :

- Quel est le prix, s'il vous plaît ? S'inquiéta-t-elle.

Hervé garda un instant le silence.

- Trente francs ! dit-il sans la regarder.

Il s'agissait en fait du prix coûtant. Un léger haussement des sourcils. Pour la seconde fois, la jeune femme parut heureusement surprise. Était-elle dupe ?

Hervé put lire une profonde reconnaissance dans les si beaux yeux. Elle déposa les trente francs sur la table et le remercia d'une voix émue. Puis, elle sortit aussi discrètement qu'elle était entrée, resserrant le manteau bleu sur sa poitrine.

Au moment où elle franchit le seuil, Hervé s'aperçut qu'elle avait oublié son vieil imper sur le portique. Après un instant d'hésitation, il sourit, pensif, puis il le décrocha et le déposa dans la remise, en souvenir de cet instant singulier.

De nouveau, la clochette de l'entrée résonna, le sortant d'une douce rêverie. Engoncé dans son uniforme, un officier allemand venait de franchir le seuil, d'un pas résolu. Hervé l'avait remarqué : depuis quelques instants, il contemplait la lingerie fine exposée en vitrine. Il le regarda d'un air amusé :

- Votre amie est-elle plutôt fluette ou avec des formes... généreuses ? Je pense que du rouge pourrait plaire...
L'officier marqua un temps d'arrêt, déstabilisé par la justesse de la proposition, alors qu'il n'avait pas dit un mot. L'aplomb de l'entrée laissa place à une voix hésitante :
- Euh... plutôt guénéreusse...
- Que dites-vous de cet ensemble-ci ?
- Mmmm, parfait ! répondit l'officier.
- Je vous fait un paquet cadeau ?
L'Allemand hocha la tête en signe d'approbation et de satisfaction.
- Cela vous fera quatre-vingt-dix francs, je ne prends pas les deutschemarks, déclara Hervé.
Il fallait renflouer la caisse, et le pigeon était de taille !
Ravi, l'officier se retira en claquant des talons, anticipant déjà le plaisir que lui vaudrait cet achat.

Dans Paris occupé, la petite boutique semblait étrangement hors du temps. Loin de toute considération politique, Hervé ne vivait que pour son magasin, le reste ne présentant pour lui que peu d'intérêt. Orphelin à vingt-et-un ans, il avait déjà mesuré la rudesse de la vie. La mort de son père, qu'il n'avait jamais connu, avait représenté, durant toute son enfance, une grande absurdité, et celle de sa mère, une extrême injustice. Depuis, il se voulait avant tout épicurien et il réussissait fort bien à faire abstraction de ce monde devenu fou. Résistance, collaboration : il ne fallait pas l'enquiquiner avec ça.

Il appréciait de travailler avec les couturières qui confectionnaient ses articles. Chaque lundi, il se rendait à Calais, avec son camion, pour se fournir en tissus et dentelles. Les formalités de circulation ne sont pas un problème quand on sait s'y prendre.

Insouciant des jours sombres à venir, il vivait dans son monde, loin des réalités d'un conflit qui n'allait pas tarder à le rattraper. Et à révéler la vraie nature de chacun : monstruosité, lâcheté pour les uns, indifférence ou courage pour les autres. Lui aussi serait amené à faire des choix. Pour l'heure, la vie lui souriait, il avait le sentiment de faire plaisir aux gens et cela lui convenait.

Chaque soir, après la fermeture de son magasin, Hervé s'imposait la préparation de la journée suivante jusque dans les moindres détails. Il sortait peu. Parfois, il lui arrivait de se rendre au théâtre avec quelques amis. En rentrant dans son studio, à cinq cents mètres de la boutique, il se plongeait dans les factures et la comptabilité. Ensuite seulement, il prenait le temps de lire son courrier et d'y répondre.

Ce soir-là, une enveloppe de faire-part sur la pile de lettres amena un sourire sur son visage. Il connaissait déjà le contenu de la missive mais grâce à cet envoi, il en mesurait toute la valeur. Madeleine…

# Des pétales de fleurs d'églantier

Depuis sa plus tendre enfance, Hervé profitait chaque été du bon air de la campagne. Agathe, la sœur aînée de sa mère, était mariée avec Victor, un solide agriculteur qui avait repris l'exploitation familiale dans le sud-ouest. Ils avaient deux enfants, Edmond et Madeleine. Très proches en âge, le lien s'était renforcé d'année en année entre les trois cousins.

Hervé et sa mère arrivaient par le train qui les déposait en gare de Morveuil-sur-Lison, chef-lieu de vingt mille habitants. Là, un petit attelage les attendait pour les conduire jusqu'au village de Saint-Hilaire-en-Jemme. Il aimait ce charmant bourg aux toits d'argile et aux murs de calcaire ocre, perdu au milieu des prairies et des champs de blé.

Pour les enfants, le mois d'août s'écoulait doucement au rythme de la vie de la ferme et du village. Il était ponctué de parties de pêche aux écrevisses et aux gardons, de construction de cabanes en forêt, de veillées près du feu

et de bals folkloriques, au moment des festivités du 15 août.
Très complices, Hervé et Madeleine étaient inséparables. A quatre ans, il avait décrété qu'il se marierait avec elle. Il fut très peiné quand tante Agathe lui annonça qu'il n'était pas possible de se marier entre cousins.

La relation avec Edmond était différente. Celui-ci marquait sa position d'aîné et regardait de haut ce petit Parisien à qui il fallait tout apprendre. Avec les années, Hervé avait gagné la confiance de son cousin, le jour où celui-ci avait été surpris par l'attaque agressive d'un bouc. L'animal avait fait tomber Edmond et s'apprêtait à renouveler son assaut. Témoin de la scène, Hervé, âgé d'à peine huit ans, avait alors, sans hésitation, chargé l'animal avec une ridicule baguette de noisetier et un puissant cri guerrier ! Le bouc avait reculé, Edmond s'était relevé. Depuis ce jour, une amitié sincère liait les deux garçons.

Pendant ces séjours, Hervé faisait le plein de gaîté, d'amour fraternel et il vivait tristement le retour de septembre, synonyme de séparation. Attendre un an avant

de se revoir semble une éternité dans l'esprit d'un enfant. Alors, pour nourrir ces long mois avant les retrouvailles, Madeleine et Hervé correspondaient par courrier. Madeleine glissait dans ses lettres des fleurs d'églantiers séchées, symbole de leur attachement.
C'est ainsi qu'il apprit, à dix-huit ans, que Madeleine fréquentait Maurice, le fils du garde-forestier. Un camarade de jeu qu'il appréciait particulièrement. La bonté incarnée, toujours joyeux et plein de bon sens, sa présence était rassurante. Hervé ne fut pas surpris de cette relation. Déjà tout jeune, il avait deviné, dans leurs regards, de tendres sentiments.

Et puis vinrent les années tragiques. Alors que l'oncle Victor restaurait le toit de l'étable, une tuile se déroba sous son pied, la chute lui fut fatale. Un traumatisme crânien le plongea dans un coma profond dont il ne se réveilla pas.

L'année suivante, l'hiver était glacial. Un retard dans la livraison des tissus entraîna un surcroît de travail pour la mère d'Hervé. Obligée de veiller tard dans l'atelier sans chauffage afin d'honorer ses commandes, elle s'épuisa.

La fièvre succéda à une toux irritative. Malgré les conseils du médecin, elle ne renonçait pas à poursuivre son labeur. Un soir, elle s'était endormie. Au petit matin, surpris de ne pas la voir, Hervé s'était rendu en hâte sur les lieux. Inconsciente, en hypothermie, elle était en détresse respiratoire. Emmenée en urgence à l'hôpital le plus proche, elle décéda peu après. Hervé l'accompagna jusqu'à son dernier souffle.

S'ensuivirent de longs mois de deuil. Poursuivre l'œuvre de sa mère fut pour lui une bouée de sauvetage, il y mit le sens de toute son existence.

Cette douloureuse période avait affecté toute la famille. A Saint-Hilaire-en-Jemme, tante Agathe, inconsolable, était devenue indifférente à l'avenir de l'exploitation. Edmond fut libéré de ses obligations militaires pour reprendre la ferme.

Deux années difficiles avaient réduit la correspondance entre Hervé et Madeleine. Chacun cherchait à se reconstruire et à protéger ses proches en taisant sa propre douleur.

Et ce fut la déclaration de guerre, la défaite puis l'Occupation. Les restrictions vinrent s'ajouter aux souffrances et aux blessures d'un pays vaincu.
Pour Hervé et sa famille, le temps estompait lentement les blessures intimes. Les germes d'un nouveau printemps, d'une paix en soi retrouvée, d'une confiance en la vie, promettaient des jours meilleurs.

L'écriture sur l'enveloppe était familière. Hervé caressait avec son pouce le tracé de la plume dessinant son nom. « La gaieté semble être de retour à Saint Hilaire », pensa-t-il avec soulagement. De l'enveloppe annonçant le mariage s'échappèrent des pétales de fleurs d'églantier...

## Saint-Hilaire-en-Jemme

Un mois plus tôt, Hervé avait réservé son billet, en première classe. Un luxe qu'il s'était octroyé pour pouvoir se reposer, car il entendait profiter pleinement des festivités dans les meilleures conditions.
Dans une lourde malle, il avait rassemblé quelques vêtements qu'il espérait vendre au meilleur prix, durant le week-end. Il savait le monde rural attiré par certains articles peu accessibles à la campagne, aussi avait-il l'intention de profiter de l'occasion. Pour sa chère Madeleine, il avait sélectionné quelques modèles que l'on se disputait à Paris ; à Maurice, il réservait un magnifique feutre de la célèbre maison Bonneau.
Ses nombreux bagages pouvaient faire penser à un voyageur en exil ou à un trafiquant de marché noir. Insouciant, il ne s'en était même pas inquiété.

Sur le quai de la gare, les gens se hâtaient dans une atmosphère bruyante. Des panaches de fumée remplissaient la grande voûte, le sifflet annonçait l'imminence du départ. Hervé était seul, confortablement installé dans un compartiment. Le train s'ébranla et, peu à peu, le paysage urbain laissa place à la campagne, déjà parée des couleurs chaudes et lumineuses de ce début d'automne 1941.

A travers ces tableaux de nature qui défilaient sous ses yeux, Hervé plongeait, avec un peu de nostalgie, dans ses souvenirs. Deux ans déjà qu'il n'était pas retourné à Saint-Hilaire…

Des voix fortes entrecoupées de rires sonores le tirèrent de ses réflexions. Trois officiers allemands entraient dans le compartiment en terre conquise. Sans lui prêter attention, ils s'assirent face à Hervé. Finie la tranquillité. Pendant trois heures, il tenta, en vain, de faire abstraction du vacarme ambiant.

Soudain, la porte s'ouvrit brutalement sur deux policiers français qui procédaient aux contrôles d'identité. Ils attendaient les papiers d'Hervé quand un des Allemands menaça, dans un français teinté d'un fort accent germanique :

- Il n'y a que des honnêtes gensses ici ! Allez-fous en !

Les policiers n'insistèrent pas et sortirent sous les rires :

- Fous n'êtes tout de même pas oune espionne rousse ! s'esclaffèrent-ils.
Hervé sourit, la situation était cocasse. Mais derrière cette apparente légèreté, les Allemands tenaient à manifester qu'ils détenaient le pouvoir. Et celui-ci ne se partage pas.

Cet échange permit à Hervé d'observer plus attentivement ces voyageurs qui, jusque là, l'avaient ignoré. Tous les trois très jeunes, vingt-cinq ans tout au plus, ils avaient un profil de statue grecque, des mines superbes, l'aplomb et la fierté du vainqueur.
Le plus grand semblait le plus influent, le ton autoritaire de sa voix était celui d'un anführer[1]. Par sa parole bien ciblée, le second exprimait agilité d'esprit et pertinence intellectuelle. Le troisième paraissait moins adroit dans le maniement du verbe. Il se contentait de rire aux remarques et propos qu'échangeaient les deux autres.
Hervé s'étonna du regard admiratif qu'il leur portait. Les deux premiers avaient une alliance. Il imagina que, derrière ces uniformes, il put y avoir une vie sentimentale

---

1 Anführer : chef, meneur.

et romantique. « Quelles différences existe-t-il donc entre nous ? » pensa-t-il.
Le train ralentissait et avertissait de son arrivée par un sifflement aigu. Les trois hommes descendirent dans une gare réservée à l'occupant, une base logistique où des contingents militaires et du matériel de guerre étaient expédiés sur toute la côte atlantique.

Hervé apprécia le calme revenu. Le panorama avait changé, le parcours traversait maintenant une longue forêt de pins et les habitations se faisaient plus rares. Le relief devenait vallonné, avec des formations calcaires, des prairies parsemées de petits bois et des murets de pierres délimitant les chemins. Il retrouvait un paysage familier et il savourait déjà le plaisir des jours à venir.

Le train s'immobilisa en fin d'après-midi en gare de Morveuil-sur-Lison, sous un soleil rasant, teintant d'une lumière dorée les toits de terre orangés. Il déversa sa cargaison humaine et joyeuse. Devant cette foule, Hervé réalisa que l'authentique vie voyageait en seconde classe. Sur le quai, les gens se pressaient pour accueillir un proche et l'accent de leur voix donnait aux échanges ce charme unique que l'on trouve en province du sud.

Avant de descendre du marchepied, Hervé scruta le quai, à la recherche d'un visage connu. Une clameur attira son attention : un comité d'accueil lui faisait de grands signes. Ils étaient tous là. En tête, Madeleine et Maurice, main dans la main, tentaient de se frayer un chemin dans le flot compact. Derrière, Edmond et cinq compagnons d'enfance entonnaient un chant de bienvenue. Un peu à l'écart, tante Agathe, immobile, suivait la scène, le visage éclairé par une joie profonde.

Hervé fut littéralement porté par un torrent d'affection. Tante Agathe le serra  fort dans ses bras, une grande émotion les envahit. La vie leur avait infligé des moments éprouvants, qui ressurgirent l'espace d'une étreinte, bien vite dissipés par la joie ambiante.
Madeleine était resplendissante. Elle prit son bras et l'entraîna vers le premier attelage. En silence, ils goûtaient cet instant et le bonheur des retrouvailles.

Le convoi se mit en route, traversant la rue principale. Les commerces venaient de fermer et le crépuscule incitait chacun à rentrer chez soi. Morveuil était calme et paisible. On aurait pu oublier le conflit, mais un drapeau, frappé de la croix gammée, flottait sur la façade de la mairie, rappelant la réalité du moment.
L'occupant était discret et ne soumettait pas la population à une quelconque pression. La ville avait peu d'intérêt stratégique mais sa proximité avec la ligne de démarcation l'avait néanmoins contrainte à accueillir une petite garnison allemande.

A la sortie de Morveuil, un panneau indicateur donnait la direction de Saint-Hilaire, à dix kilomètres. Au petit trot, sur une route sinueuse, les chevaux tractaient carriole et passagers. Les bagages d'Hervé côtoyaient les caisses de vin de noces, fraîchement négociées. Il était assailli de questions sur sa vie parisienne. Ses réponses étaient entrecoupées d'exclamations humoristiques et d'éclats de rire. Alentour, déjà la nuit couvrait la campagne silencieuse.

Malgré l'obscurité, Hervé reconnaissait mille lieux empreints de souvenirs heureux : le pont aux écrevisses, la fontaine des confidences, le terrain de Sioule, le nid des aigles, le repère du rocher... Au loin, on apercevait les lumières de Saint-Hilaire et, en contre-bas, ce qui fut la fermette du père Pujol. Il eut une pensée émue pour le vieil homme avec qui il avait sympathisé, il y a de plus de dix ans de cela.

Enfant, il allait parfois chercher chez lui de savoureux fromages qu'il affinait lui-même. A quatre-vingt-cinq ans, il trayait encore chaque jour ses six chèvres, les conduisait dans les pâtures et prenait soin d'elles comme le bon pasteur. Elles portaient toutes le nom d'un général d'Empire et lorsque l'une d'elles venait à désobéir ou à s'introduire dans son petit potager, il lui prenait l'oreille et prononçait :

- Ma chère, je ne suis pas fier de vous !

Le grand âge l'avait contraint à vendre ses bêtes à un maquignon de Morveuil. A sa demande, Hervé l'avait accompagné. Le trajet se faisait à pied. Malgré un corps usé, le père Pujol gardait son rythme régulier, précédant ses chèvres. La transaction avait été rapide. Avant de repartir, il s'était tourné vers elles pour dire :

- Soyez sages mes jolies !

Il venait de se détacher de ce qui lui restait de plus cher... Sur le chemin du retour, il avait gardé le silence. En fin de parcours, le vieil homme s'était assis sur une grosse souche. Hervé l'avait rejoint et regardé avec admiration. La route avait été longue, le corps soumis à rude épreuve. Où puisait-il toute cette énergie ?

Le père Pujol contemplait le village, au fond de la vallée. Là, prendrait fin son grand voyage. Après un moment de silence, il avait confié à Hervé :

- Vois-tu ce peuplier majestueux ? Il trouve ses ressources dans un sol gorgé d'eau, au bord de la rivière. Le chêne, lui, trouve sa grandeur dans une terre riche en humus, quant à l'olivier, c'est dans un terrain aride et rocailleux qu'il développe sa beauté. Tous les trois bénéficient des bienfaits du soleil sans lequel ils n'auraient pas pu grandir. Je me sens si proche de cette nature... Nous lui ressemblons...

Les paroles de cet homme sage jaillissaient, intactes, dans l'esprit d'Hervé. Il mesurait aujourd'hui la valeur des rencontres avec ces êtres authentiques, croisés chaque été.

- Terminus ! cria Edmond, tout le monde descend !
La charrette s'arrêta devant une maison pleine d'agitation. De nombreux voisins s'activaient dans la cuisine et les salles attenantes, pour les préparatifs du grand jour. Des amis vinrent en renfort décharger bagages et victuailles. Les caisses de vin passaient de bras en bras et les connaisseurs ne tarissaient pas d'éloges sur le choix du cru.
Madeleine tira Hervé par la main :
- Il faut que tu te reposes ! Demain, la journée sera longue et j'aurai besoin de toi, mon cher cousin.
Hervé accusait le coup des longues heures passées dans le train. On lui servit une assiette de soupe aux lardons et une tranche de pain fait maison dont l'odeur réactiva le film des souvenirs.

Puis, il monta s'installer dans sa chambre, un bouquet de roses ornait la table de nuit. Fixé au mur, le portrait de sa mère suscita en lui une vive émotion. Mais ce n'était pas de la tristesse, plutôt le sentiment d'une présence indescriptible qui l'incitait à vivre plus intensément. Pour deux.

# Le grand jour

Hervé se réveilla brusquement, le soleil illuminait sa chambre. La pendulette posée sur la bibliothèque indiquait neuf heures trente ! Comment avait-il pu dormir si longtemps, lui qui se levait habituellement très tôt ? Le voyage, les émotions et le grand air de Saint-Hilaire avaient eu raison de son rythme biologique. Même s'il mesurait les bienfaits de ce long repos, il s'en culpabilisa.

En effet, en bas, de nombreuses mains s'activaient. Des odeurs de cuisine se répandaient dans toute la maison. A l'extérieur, des carrioles transportaient des bancs, des caisses de vaisselle, des tonneaux, des pichets, pour le banquet du soir. La grange avait été vidée des machines agricoles et aménagée comme la salle d'un palais. Des boules de fleurs étaient suspendues au plafond, des tentures de couleurs vives égayaient les murs, de longues tables couvertes de nappes blanches étaient prêtes à accueillir les nombreux convives.
Hervé rejoignit cet escadron de fourmis et ne tarda pas à se rendre utile. Il fallait que tout soit en place pour midi.

Après quoi, chacun irait se préparer pour les cérémonies et les festivités.

Quelques heures plus tard, tout le village s'était donné rendez-vous à la mairie. Devant, les anciens semblaient pressés de transmettre un relais. Les couples étaient là, comme pour accueillir les futurs mariés et les inviter à rejoindre la communauté de ceux qui prennent la responsabilité de s'engager. Et il y avait les enfants, toujours en mouvement, petits porteurs d'espérance. Le maire invita la foule à prendre place dans la salle communale qui fut très rapidement bondée.
- Ouvrez les portes fenêtres, on ne voit rien ! criaient, à l'extérieur, les nombreux déçus.

Puis une clameur et des applaudissements : une Traction déposait de précieux passagers. Deux enfants du village allaient s'unir et témoigner de leur confiance en la vie. Sous les ovations, Madeleine et Maurice pénétrèrent dans la salle, par une porte latérale.
La cérémonie fut sobre mais chacun des mots prononcés prenait une signification profonde dans ce monde instable.

Elle précisait la valeur humaine ainsi que la dimension citoyenne du mariage.

La célébration religieuse eut lieu dans l'église du village. Pour Madeleine et Maurice, elle était l'expression de leur foi en la vie. Hervé fut invité à lire un texte que les nouveaux époux avaient choisi. Il se leva, traversa la nef centrale et se plaça devant un pupitre, face à une assemblée attentive. Son regard croisa celui de Madeleine et Maurice, assis devant l'autel. Le sourire qu'ils échangèrent, dans ce silence recueilli, traduisait tout ce qu'aucun mot n'aurait pu signifier.
Hervé prit une grande inspiration avant de prononcer les mots de Saint Augustin. Ils résonnaient en lui avec tant de force qu'il en fut bouleversé :

« *Aime et fais ce que tu veux.*
*Si tu te tais, tais-toi par amour.*
*Si tu parles, parle par amour.*
*Si tu corriges, corrige par amour.*
*Si tu pardonnes, pardonne par amour.*
*Aie au fond du cœur la racine de l'amour :*
*De cette racine, rien ne peut sortir de mauvais.* »

Un cantique de Bach joué à l'harmonium clôtura la cérémonie. L'assemblée se pressa vers la sortie pour accueillir les nouveaux mariés sur le parvis.

Le visage de Madeleine reflétait à la fois l'intensité de son bonheur mais aussi la gravité d'une jeune femme mesurant l'importance d'un acte engageant toute une vie. Les villageois se bousculaient presque pour la féliciter ou simplement l'embrasser. Son sourire tremblant exprimait sa gratitude devant l'affection témoignée par chacun. Conscient de son émotion, Maurice la serra contre lui dans un geste protecteur.

La douce lumière du soleil d'automne était propice à une belle photo sur la place centrale. Tout le monde souhaitait y être, et bien placé. L'installation fut un vrai casse-tête pour le photographe, mais l'ambiance bon enfant lui évita de perdre patience.
Les femmes portaient des robes traditionnelles avec des chemisiers blancs, certaines arboraient de jolis chapeaux fleuris. Le costume des hommes hésitait entre modernité et tradition, suivant leur âge. Les enfants, tout

endimanchés, ne se préoccupaient guère de ménager leur tenue ni de figurer sur le tableau de groupe. Ils ne pensaient qu'à une chose, s'amuser, et ils s'en donnaient à cœur joie.
Le temps, qui accordait une douceur presque estivale à cette journée, accentuait encore le parfum d'insouciance de cette belle fête.

Tante Agathe invita tout le monde à rejoindre « le palais d'un jour ». Dans le grand jardin, trois moutons grillaient au feu de bois, dégageant un fumet si délicieusement odorant qu'il se répandait dans tout le village. L'odeur de la viande, généreusement aillée, stimulait déjà l'appétit des convives, pressés de s'installer. Des buffets proposaient de copieuses tartines, préparées par tout le voisinage. Les vins étaient servis généreusement dans des verres à pied. Un jeune accordéoniste interprétait tantôt un air de valse tantôt un air local, repris en chœur par les villageois, tandis que les enfants faisaient des rondes autour de lui.

Hervé retrouvait de vieilles connaissances. Un attroupement féminin s'était formé autour de lui. Ces dames étaient curieuses de savoir comment on vivait à Paris. Certaines, bien informées, le pressaient de dévoiler le contenu de sa malle. Il l'avait totalement oubliée... Son esprit était bien loin de son magasin !
Devant l'insistance des coquettes, la malle fut transportée dans le jardin. Même les hommes vinrent jeter un coup d'œil et chacun y allait de son avis. Avec quelques amis, Edmond rejoignit Hervé et ils se mêlèrent aux échanges et aux plaisanteries. La malle de vêtements devint l'attraction d'avant banquet.
- Je vois que tu es toujours doué pour les affaires ! s'exclama son grand cousin.
Les articles de qualité s'arrachaient comme des petits pains. Philippe, un ami d'Edmond, réserva une paire de bas de soie pour son amie. Handicapé par un bras en écharpe et une main bandée, Hervé glissa le tout dans la poche de sa veste.

La nuit était maintenant tombée depuis longtemps. Dans la grange, la fête se poursuivait avec entrain. Madeleine et

Maurice passaient de table en table pour échanger quelques mots avec chacun des convives. Hervé les contemplait avec tendresse. Le couple dégageait déjà cette harmonie que l'on perçoit généralement après de nombreuses années d'union. Sans aucun doute, il était fait pour durer et porter un grand projet.

Tous deux s'approchèrent et discutèrent un instant avec ses voisins de table. Puis, Maurice se tourna vers Hervé :

- Viens... On vous l'enlève quelques minutes ! précisa-t-il aux autres convives.

Madeleine et lui le prirent chacun par un bras et l'entraînèrent vers l'extérieur, sous la lumière des étoiles et d'une demi-lune. Tous trois marchèrent un moment et, de leurs silhouettes n'en formant plus qu'une, se dégageait une forme de communion.

## L'heure du choix

Le repas était terminé. Un petit orchestre invita les convives à danser sur des airs traditionnels et folkloriques. Adultes et enfants envahirent le parquet. Même la mère Simone, du haut de ses quatre-vingt-dix ans, risqua un pas de bourrée. La nuit fut emplie de musique et de rires.

Pourtant, un petit groupe ne partageait pas l'ambiance festive. Au fond de la salle, Edmond et quelques hommes, paraissaient soucieux. Depuis quelques mois, ils avaient pris fait et cause pour la Résistance. Connaissant bien la région, ils passaient régulièrement des missives, ou des petits colis, au-delà de la ligne de démarcation. Ils profitaient de l'autorisation acquise par un maraîcher qui, tous les dimanches matins, se rendait sur un marché, à cinq kilomètres au-delà de la ligne. Leur contrariété venait du fait que le chauffeur habituel n'était pas opérationnel. En effet, il s'agissait de Philippe, l'homme au bras en écharpe... Or, Edmond et ses amis venaient de recevoir un colis pour le moins insolite. Il prit la parole :

- Pourquoi ne pas demander à Hervé de conduire le camion ? Il a le permis et une bonne expérience de la conduite. Il s'agit de quelques heures, trois tout au plus, et l'affaire est dans le sac...

Le groupe rejoignit Madeleine, Maurice et Hervé, attablés près du buffet. Edmond exposa leur mission et leur difficulté à y répondre. La réaction d'Hervé fut vive :

- En somme, vous souhaitez que je prenne ce risque ? Je suis venu partager la joie de ma cousine, pas faire le cow-boy ! Je ne me sens pas concerné.

Madeleine comprenait l'objection de son cousin. Elle se tourna vers son frère et s'entretint quelques minutes avec lui. A demi-mot, Edmond dévoila la nature du colis. Pour la première fois, on lui demandait de faire passer deux enfants de l'autre côté de la ligne. Elle se demanda ce qu'on pouvait bien reprocher à des enfants et ainsi les pousser à l'exil ?

Toute la table se leva. Ensemble, ils se dirigèrent vers la maison de Louis, un membre du groupe. A pas de loup, ils entrèrent dans une chambre. La lumière du couloir permettait de distinguer deux lits. Louis murmura :

- Ces pauvres gosses sont orphelins. Ils sont Juifs, d'origine polonaise, voilà leur crime...

Samuel, neuf ans, et Rachel, six ans, dormaient d'un sommeil profond, ignorant que leur avenir dépendait de la décision d'un jeune homme de vingt-trois ans, qui les observait en silence. Un instant troublé, Hervé se dit que, tout compte fait, on lui demandait simplement de conduire ces mômes à quelques kilomètres de là. « Pas si compliqué de rendre ce service, le risque est minime », pensa-t-il.

- Ça marche pour demain !

Son regard croisa celui de Madeleine qui lui sourit avec complicité.

Tous rejoignirent le lieu de la noce. Il était quatre heures du matin. De nombreux convives s'étaient déjà retirés. Edmond suggéra d'aller se reposer un peu, le rendez-vous était fixé deux heures plus tard. Hervé embrassa sa cousine, serra fort Maurice qui venait de les rejoindre et salua le petit groupe.

Dans sa chambre, il s'allongea de tout son long sur le lit. La fatigue se faisait sentir, pourtant il eut du mal à trouver le sommeil. Il revoyait les jeunes enfants endormis.

Hervé était plus ébranlé qu'il ne l'aurait cru. Choyé par sa mère, qui avait reporté sur lui tout son amour, son désespoir au décès de celle-ci lui revint en mémoire. Il se souvint que ces deux enfants étaient orphelins... La réalité de la guerre venait de percuter l'insouciant mode de vie qu'il s'était construit pour se protéger. Il ne pouvait plus faire semblant d'ignorer que bien et mal coexistent. Une inquiétude indéfinissable l'envahissait. Le sommeil le cueillit sur ces réflexions entremêlées.

## « Prentégarde »

Quand une main se posa sur son épaule, Hervé sursauta. La silhouette robuste d'Edmond se dessinait dans la pénombre. Il chuchota :

- C'est l'heure ! Je t'attends en bas.

Une odeur de café montait de la cuisine. Hervé s'habilla rapidement et descendit. Autour de la table, Edmond précisait le rôle de chacun. Louis accompagnerait Hervé dans le camion. En éclaireur avec la Traction, Edmond ferait équipe avec un certain Jacques. Ils se chargeraient d'ouvrir la route et d'interrompre l'opération si un risque se présentait.

Philippe était là, venu apporter son soutien. L'apercevant, Hervé lui demanda si les bas avaient plu à son amie. Il hocha la tête :

- Combien je te dois déjà ?

Il ouvrit maladroitement son portefeuille pour en sortir un billet. Une petite carte glissa et tomba sur le sol. Il se pressa de la ramasser en jetant un coup d'œil circulaire. Il sembla à Hervé que son regard exprimait quelque chose qui s'apparentait à de la peur.

- Allez les gars, on y va ! lâcha Edmond. On se retrouve pour midi ! ajouta-t-il en se tournant vers Philippe.
Ils sortirent et rejoignirent l'entrepôt. Les deux véhicules étaient garés côte à côte. Hervé s'installa dans un vieux camion chargé de cageots.
- Me voilà reconverti dans les fruits et légumes ! s'exclama-t-il.
Edmond rigola :
- Ven Diou ! v'la Vévé l'épicier !
Louis arriva à son tour accompagné des petits passagers clandestins, le visage encore tout chiffonné de sommeil. Ils semblaient tout à la fois curieux et surpris par l'ambiance détendue et joviale. Edmond les hissa derrière le fauteuil du conducteur, où ils étaient dissimulés par une rangée de cageots de pommes. A grand renfort de gestes, Louis leur donnait la consigne de se cacher et de rester silencieux.

Tout en procédant aux dernières vérifications, Edmond révisait mentalement les étapes de déroulement du plan : dans un premier temps, s'approcher le plus possible de la ligne de démarcation. A l'endroit nommé « Le Cabestan », bien connu des passeurs, Louis et Jacques doivent descendre des camions pour franchir la ligne, à pied, avec les enfants. Edmond doit laisser son véhicule au lieu-dit « Prentégarde », rejoindre Hervé puis passer le point de contrôle habituel au hameau de « La Fajole », avec le camion du maraîcher. Le petit groupe est ensuite récupéré derrière la ligne. Ensemble, ils doivent rejoindre le « point alfa » pour remettre les enfants. Enfin, livraison de la cargaison « officielle » au village de Mancot.

Dans le rétroviseur, Hervé regarda le visage des enfants qui suivaient avec attention les opérations, mi-amusés, mi-apeurés. Puis, il démarra le camion. Edmond fit signe de le suivre à distance. Il tendit à Louis un sac contenant un revolver en précisant « On ne sait jamais... ».

Les deux véhicules prirent la route de Morveuil sur plusieurs kilomètres. Ils la quittèrent pour une petite départementale en direction du hameau de « Prentégarde ». Hervé ne put s'empêcher de trouver ce nom étrange et de se demander quelle menace était à l'origine de cette appellation.

Inconsciemment, quelques images défilèrent dans son esprit, dont l'étrange expression de Philippe, avant le départ. Savait-il quelque chose que les autres ignoraient ? Il regarda Louis qui tirait machinalement sur une cigarette éteinte.

- Tu le connais bien ce Philippe ?
- C'est un pote, un camarade, nous avons passé le certificat d'étude ensemble.
- Il est fiable ?
- Pourquoi ces questions, tu parais inquiet ?
- Son accident, comment ça s'est fait ? insista Hervé.
- Je sais pas, il est pas très causant… reconnut Louis.

Brutalement, le doute avait envahi Hervé : le souvenir de l'attitude bizarre de Philippe, ce hameau au nom surprenant qu'ils traversaient maintenant... A la sortie, la Traction d'Edmond prit le chemin qui mène au « Cabestan ». La route était encaissée et particulièrement étroite empêchant tout demi-tour. Hervé stoppa net. Il hésitait à se risquer sur une telle voie. Intuition ? Trop d'imagination ?

A ce moment précis, une rafale d'arme automatique déchira la quiétude de l'aube. Le véhicule d'Edmond avait été contraint de s'arrêter. Louis bondit hors du camion en criant :
- Les Boches ! Faut foutre le camp !
Hervé jeta, à nouveau, un coup d'œil dans le rétroviseur. Samuel et Rachel le regardaient avec confiance. Rapidement, il empoigna le levier et enclencha les vitesses les unes après les autres, en écrasant la pédale de l'accélérateur.

Au loin, une détonation répondit aux rafales automatiques. Edmond luttait avec courage. Le rapport de forces était inégal, la partie était perdue d'avance. Il tentait juste de gagner un peu de temps pour permettre à son cousin d'effectuer un repli protecteur. Puis, ce fut le silence.

Le camion fonçait à vive allure, droit devant, sur la route fort heureusement déserte. Comment disparaître dans une campagne si ouverte ? S'arrêter maintenant serait fatal. Un panneau indiquait à gauche la direction de Morveuil-sur-Lison. D'instinct, Hervé bifurqua : oui, atteindre la ville, il serait plus facile de s'y dissimuler. Il ne réfléchissait plus, l'adrénaline dictait ses actes, il fallait sortir de là !

Les cageots se renversaient, mélangeant fruits et légumes. Peu importe ! Hervé regardait alternativement le rétroviseur de gauche, guettant un éventuel poursuivant, puis celui du centre pour surveiller les enfants, chahutés par la vitesse et les brusques changements de direction. Ils se cramponnaient mais restaient calmes. Il se fit la remarque qu'il n'avait pas encore entendu le son de leur voix.

En entrant dans le faubourg de la ville, Hervé ralentit son allure pour éviter d'attirer l'attention. Personne dans les rues. La place de la Victoire était vide et offrait une aire de stationnement discrète. Hervé s'y gara rapidement. Il fit signe aux enfants de basculer sur les sièges avant et de sortir. Il fallait désormais faire vite pour ne pas se faire prendre.

De l'autre coté de la place, une petite dame ronde, en tablier, balayait énergiquement l'entrée d'une jolie église romane. Hervé saisit Samuel et Rachel par la main et ils coururent dans sa direction. Les voyant presser le pas, elle s'arrêta. L'inquiétude se lisait sur le visage d'Hervé qui put à peine prononcer trois mots. Elle les entraîna dans l'église, alors il souffla :

- Il faut venir en aide à ces enfants…

- Confiez-les moi ! se contenta-t-elle de dire, en faisant signe aux petits de la suivre.

L'espace d'un éclair, Samuel se tourna vers Hervé qui s'était assis sur un banc. Son regard semblait dire : « alors, tu viens ? »

Sans trop réfléchir, Hervé avait accepté de conduire le camion, histoire de rendre service. Mais les événements avaient pris une tournure qu'il n'avait pas prévue. Que faire maintenant ? Quelque chose dans le regard droit de cette femme l'avait rassuré tout de suite, peut-être une vague ressemblance avec sa mère, il sentait qu'il pouvait lui faire confiance. Avec elle, les enfants étaient sauvés…

Même s'il avait réussi à vivre hors des tourments de la guerre et à garder un semblant de légèreté dans son quotidien, il avait reçu une éducation où les mots courage et justice avaient un sens. Sa mère en était l'exemple.

Non, il ne pouvait pas se décharger ainsi et abandonner ces mômes, si jeunes et si seuls. « Je me suis engagé, je vais jusqu'au bout », décida-t-il en se redressant. Parfois, être juste avec soi-même implique un renoncement de soi pour l'autre.

Ignorant le débat intérieur qui agitait Hervé, la femme et les enfants traversaient la nef à pas rapides. Il les rejoignit dans la sacristie. Ils sortirent dans un long jardin, entouré de hauts murs de pierre où grimpaient de magnifiques rosiers blancs. Au fond, une porte en bois peinte en bleu. Elle donnait sur une ruelle qui desservait de semblables jardins. Ils la remontèrent entièrement. Hervé lut Venelle du Cloître. En haut, faisant l'angle, une vieille maison étroite dominait les jardins. Elle avait, comme seules ouvertures, une porte exiguë et une lucarne sur le toit. La dame attrapa une clé dans une fissure du mur :
- Vous serez en sécurité ici. Je reviendrai dès que je pourrai.

Dans le local, servant de débarras, étaient entreposés meubles, outils et sacs en tous genres. Il fallut un temps

pour s'adapter à la semi-obscurité. Les enfants entouraient Hervé mais ne semblaient pas effrayés. Ils n'étaient pas seuls, sa présence les rassurait.
Porté un temps par l'urgence de la situation, Hervé mesurait maintenant son épuisement, il était vidé de toute énergie. Mais avant de faire une pause et de remettre en ordre les événements invraisemblables de cette folle matinée, il fallait d'abord aménager un espace pour se reposer le plus confortablement possible.

Assis côte à côte sur une couverture, adossés à des sacs de paille, Rachel et Samuel regardaient Hervé. Face à eux, celui-ci les observait. Leurs regards se croisèrent, soutenus, partageant cette commune épreuve. Hervé admirait leur attitude digne et forte. Qu'avaient-ils vu et vécu dans leur courte vie ? Probablement pareilles situations, peut-être plus dures encore. Ils semblaient déjà aguerris. Le plus étonnant était leur capacité à garder le silence, défense de la proie traquée, obligée de se fondre dans un environnement hostile. Hervé leur demanda à voix basse :
- Parlez-vous le français ?

Samuel répondit par une moue et un haussement d'épaule. La communication orale allait être compliquée. Et pourtant, tant de choses avaient été exprimées depuis le départ de Saint-Hilaire...

## L'attente

Les enfants s'étaient assoupis, l'un contre l'autre. Hervé avait retourné un bout de couverture pour les réchauffer. Assis sur une caisse, il se tenait la tête dans les mains. Son esprit était envahi d'images qui défilaient de façon incessante. Les visages de Madeleine et de Maurice côtoyaient la cavalcade vers Morveuil, l'expression inquiétante de Philippe se fondait avec le banquet de la noce, cette petite dame providentielle, le sourire de tante Agathe, et le cousin Edmond…

L'angoisse lui mordit l'estomac. Qu'était-il arrivé à Edmond ? Non, il ne pouvait rien lui arriver. Tout ceci n'était qu'un cauchemar, une mauvaise plaisanterie. Edmond réussissait toujours à se sortir des mauvais pas. Et puis, il n'y avait rien de mal à protéger des enfants. Il était certainement rentré à Saint-Hilaire, maintenant. Non, impossible...

Une douleur oppressante l'étouffait, un sentiment de colère et d'injustice lui fit monter les larmes aux yeux. Peut-on envisager sur cette terre que la générosité et la

bonté ne trouvent pas récompense ? Quel est ce monde capable, en quelques secondes, de détruire un bonheur tout neuf et de semer l'horreur et la folie ?
Et Jacques et Louis : avaient-ils pu échapper à l'effroyable guet-apens ? « Nous étions attendus. On nous a vendus » réalisa Hervé. Qui ? Pour quel prix ? Philippe est-il vraiment responsable ? Saint Hilaire va-t-il subir le courroux de l'occupant ?

Hervé n'en pouvait plus de toutes ces questions... Il prenait conscience qu'à son tour, sa vie, et celle de ses petits compagnons, dépendait désormais du courage d'une dame d'un certain âge, à qui il fallait s'en remettre avec confiance.
La ville devait déjà grouiller de soldats à leur recherche, dérisoire objectif de guerre : un jeune gringalet parisien, bien mis, et deux enfants inoffensifs, hauts comme trois pommes. Qu'est-ce qui pouvait motiver de tels moyens mis en œuvre pour retrouver de si modestes fuyards ? Certainement pas la prise elle-même, du menu fretin, si l'on excepte le fait que les enfants étaient juifs et devaient disparaître. Ou peut-être leur fuite réussie ? Preuve d'une

défaillance dans un pouvoir orgueilleusement tout puissant qui refuse de perdre la face.

Le passage dans la rue d'un deux-roues à moteur confirma la présence des poursuivants. La ville était probablement bouclée, la chasse à l'homme allait mobiliser tout l'acharnement d'un prédateur sans pitié.

Hervé se rassura en constatant que Samuel et Rachel dormaient, inconscients de la bouffée d'angoisse qui l'avait submergé. Il les regardait avec tendresse. Sa présence auprès d'eux avait pris tout son sens. Il s'allongea à son tour. La fatigue d'une courte nuit et la tension qui retombait un peu eurent raison de ses dernières interrogations. Il plongea dans un sommeil profond.

Dehors, les habitants de Morveuil découvraient leur ville, d'habitude si joyeuse, en état de siège. L'inquiétude gagnait tout l'espace public. Des bistrots aux sorties de messes, on ne parlait plus que de ça. Même le temps s'était imprégné du climat ambiant. Le ciel était sombre.

Des bourrasques de vent soufflaient les feuilles sèches et donnaient aux rues une atmosphère inquiétante.

Hervé fut réveillé brutalement par le bruit de la pluie martelant les tuiles du toit. Dans le petit réduit, la température avait chuté et le froid se faisait sentir. Combien de temps avait-il dormi ? A sa montre, il lut quatre heures de l'après-midi. Il avait faim et soif.
Samuel et Rachel patientaient sagement en le regardant : que fait-on maintenant ? interpréta Hervé. Mais ce dernier n'était plus maître du scénario : sortir était devenu impossible, la rue était hostile. De plus, la porte était solidement fermée.

Sur la place, le camion avait été entièrement fouillé. La découverte d'un revolver avait permis aux Allemands de qualifier les fuyards de dangereux terroristes. La population s'en était émue. Un haut-parleur diffusait, en boucle, un appel à témoins et à la collaboration. Des chiens participaient également aux recherches mais la pluie, providentielle, avait effacé toutes les traces. Pour les autorités allemandes, une complicité était indéniable.

La rumeur allait bon train, les esprits échauffés parlaient d'un réseau bolchevique révolutionnaire, commandité par l'empire soviétique. Les fugitifs étaient de dangereux espions étrangers, chargés de semer le trouble et la guerre civile. Rien que ça !
La réalité était bien différente. Les renseignements allemands connaissaient parfaitement la composition du petit groupe mais ils se gardaient bien d'en faire état. Seule, l'identité de l'adulte leur était inconnue. La logistique impressionnante mise en place était totalement disproportionnée eu égard à la cible si innocente.

Un conseil municipal extraordinaire fut convoqué en urgence pour débattre de la situation. Des affichettes furent placardées, stipulant que les habitants de Morveuil refusaient d'être pris en otage par ce groupuscule d'étrangers non identifiés, qui venaient troubler l'ordre public et rompre l'équilibre établi, fruit d'un long travail politique de M. le maire et ses adjoints. Il était donc décidé, afin de rendre aux Morveuillois une ville paisible, que la police française collaborerait sans réserve avec l'autorité allemande. Le couvre-feu fut décrété et instauré à partir de vingt-et-une heures.

## Raymonde

Hervé commençait à s'inquiéter de ne voir personne. La lumière du jour faiblissait déjà, l'obscurité envahissait le réduit. Le froid engourdissait les membres. Rachel s'adressait à son frère en se plaignant doucement, elle avait soif et besoin de se soulager.
A ce moment, un bruit de clé dans la serrure. La petite dame ronde, au chignon haut perché, entra rapidement, laissant passer un peu de lumière. Elle ne les avait pas oubliés, mais il faudrait se montrer patients. L'aide attendue tarderait peut-être un peu…
Elle confirma à Hervé que la ville était désormais bouclée, les recherches allaient s'intensifier. Il fallait tenir et ne pas se faire repérer. Regardant le jeune homme droit dans les yeux, elle se présenta :
- Je m'appelle Raymonde, et vous ?
- Moi, c'est Hervé, la petite s'appelle Rachel et voici Samuel, son frère !
Les enfants s'approchèrent et prirent chacun une main de Raymonde en signe de reconnaissance. Sa fibre maternelle s'exprima de manière spontanée : elle les prit

dans ses bras et les serra, comme le ferait une maman. Ils se blottirent contre elle, savourant un geste qu'ils n'avaient plus partagé depuis de longs mois. Le temps s'arrêtait sur un instant d'humanité.

Raymonde renifla discrètement et se racla la gorge pour dissiper l'émotion qui l'étreignait. Elle sortit une lampe et s'avança au fond de la pièce. Poussant des sacs, elle libéra une trappe. Hervé la souleva et découvrit un petit escalier donnant sur une cave. Une cache bien pratique pour être à l'abri pendant les heures, voire les jours, d'attente à venir.

Plusieurs allers-retours discrets permirent de ravitailler les clandestins en nourriture, vêtements et couvertures. Raymonde retrouva aussi quelques livres, des crayons et du papier, de quoi passer le temps pour les enfants. Hervé descendit une petite table et trois chaises. Avec des sacs de paille, il fit des couchettes presque confortables. Enfin, il posa deux vieux chandeliers et des bougies à demi consumées, dans un coin.

Le nid était prêt pour accueillir trois naufragés qui n'aspiraient pourtant qu'à retrouver une vie normale.

Raymonde les regarda tous les trois avec compassion. Elle hocha la tête, comme pour marquer son incompréhension. Pourquoi autant d'acharnement et de violence envers des enfants ? Décidément, le monde était détraqué.
Une nouvelle fois, elle déposa un baiser sur le front des petits puis, se tournant vers Hervé :
- Il me faut repartir avant le couvre-feu, je reviendrai demain. Soyez prudents !
Elle fit signe de bien refermer la trappe et elle disparut dans l'obscurité du réduit.

Même si elle était plus âgée que ne le serait sa mère, Hervé ne pouvait s'empêcher de penser à elle en voyant Raymonde, cette manière d'être, si attentionnée, maternelle et dynamique en même temps.
Effectivement, Raymonde était cette « madame tout le monde », discrète et ordinaire, celle que l'on croise, avec son cabas, sur la place du marché, ou chez l'épicier. Les gens qu'elle côtoyait régulièrement appréciaient son sens de l'écoute. Toujours souriante et d'humeur égale, elle savait trouver un mot de réconfort pour ceux qui étaient

dans la peine. Pourtant, la vie n'avait pas été tendre avec elle : un mariage malheureux, pas d'enfant pour elle qui avait tant d'amour à donner... Les gamins qui la croisaient ne s'y trompaient pas, ils la saluaient toujours d'un « Bonjour madame Raymonde, bonne journée madame Raymonde !».

Sa disponibilité lui permettait de rendre de multiples services, garde d'enfant, aide-ménagère, gouvernante, confidente. Toutes ces activités lui permettaient d'établir une relation faite de confiance et de simplicité avec les habitants de Morveuil. Raymonde ne possédait pas l'intelligence des grands mais incontestablement celle du cœur.

Outre ces nombreuses tâches, elle se rendait chaque jour au domicile de M. Turpin, le nouveau maire. M. et Mme Turpin avaient emménagé à l'étage supérieur de la mairie dans un somptueux et lumineux appartement, surplombant le centre-ville. Un observatoire idéal pour contrôler les allées et venues des administrés, ainsi que se plaisait à raconter M. Turpin. Sa femme organisait des

réceptions en début d'après-midi et elle avait demandé à Raymonde de l'assister pour le service.
En s'engageant chez les Turpin, Raymonde s'était réjouie de pouvoir ainsi rencontrer les notables du chef-lieu. Elle fut rapidement déçue par ces mondanités, la légèreté des propos plein de préjugés et la suffisance des invités.

Pourtant, elle se sentait respectée par Mme Turpin, une grande femme sèche et élégante, qui, parfois, lui demandait son avis ou lui faisait quelques confidences. Celle-ci admirait l'authenticité de Raymonde, qualité dont elle était totalement dépourvue, surtout quand elle évoluait « dans le monde ». Alors, elle jouait à la grande bourgeoise, elle était en représentation. Ce mélange de naïveté et d'arrogance, qui rendait parfois ses propos insupportables, déplaisait à Raymonde qui appréciait toutefois les moments de complicité et d'échange quand Mme Turpin osait enfin sortir de sa posture d'épouse de M. le maire.

## Hervé... cadeau...

Dans la cave, les trois réfugiés avaient dévoré le repas préparé par Raymonde. Ils s'apprêtaient à passer leur première nuit de clandestins. Rachel et Samuel étaient bien installés. Hervé souffla les bougies, s'allongea sur un matelas de paille et s'enroula dans une couverture de laine.

Quand il ferma les yeux, les images des dernières quarante-huit heures se bousculèrent à nouveau : contraste entre la soirée de noces et cette nuit dans une cave, entre le bonheur et la peur... Puis, revinrent les questions sans réponse : Edmond était-il sauf ? Raymonde aurait-elle obtenu les aides attendues ? Demain apporterait peut-être des informations. Enfin, il pensa à son petit magasin et à sa réouverture, quand le sommeil lui tomba dessus.

Hervé fut réveillé en sursaut. On parlait dans la rue. Un grand bruit, quelqu'un cherchait à forcer la porte d'entrée. Un deuxième bruit, plus violent, elle tenait bon. Une voix étrangère, un bruit de bottes sur les tuiles du toit. Puis, un faisceau lumineux balaya l'intérieur du local, à travers la lucarne, fouillant dans les recoins. Le cœur d'Hervé cognait fort dans sa poitrine, trop fort... Enfin, les voix s'atténuèrent, le danger s'éloignait. Pour cette fois encore.

Un nouveau jour se levait. Pour tenter de tromper l'attente qui rongeait la patience et le moral, Hervé rêvassait à l'heureux temps de son enfance. Il se souvint de cette marche avec le père Pujol, sur le bord du Lison. Ils avaient découvert une petite boule de poils. Le père Pujol s'était accroupi et l'avait ramassée, c'était un petit lapin pris dans le fil d'un collet. De plus près, on voyait sa respiration, peu ample mais rapide. L'animal avait réussi à passer sa tête et ses pattes de devant mais le piège serrait sa cage thoracique et l'immobilisait. Doucement, le père Pujol avait desserré l'étreinte. Il tenait la petite bête au creux de sa main :

- Viens vite lui faire une caresse ! Il sent la liberté retrouvée, il ne va pas t'attendre...

Au moment même où Hervé posa sa main sur le doux pelage de l'animal, celui-ci bondit et détala dans la haie.

- Tu vois, pour lui comme pour nous, la liberté est un bien précieux ! Pourtant, nous la sacrifions souvent en nous attachant à des biens futiles. Mais tu sais, petit, la liberté ce n'est pas seulement pouvoir se déplacer, acquérir et posséder ; la liberté, c'est quelque chose d'intérieur. C'est une richesse intérieure...

Comme pour lui-même, il avait poursuivi :

- La liberté c'est avant tout savoir renoncer, accepter nos limites et répondre à nos aspirations profondes. Souviens-toi de ça plus tard...

Sur le moment, Hervé n'avait pas tout compris. Pour autant, ces mots résonnaient aujourd'hui. Il avait accepté en conscience d'aider et de rester auprès de ces deux enfants. Et derrière les quatre murs de ce réduit, il éprouvait le sentiment d'une profonde liberté.

Raymonde avait pu établir un contact avec un certain M. Fox qui lui avait attribué le nom de code d'Irma. Ce dernier l'avait priée de ne dévoiler à personne le lieu de la cache et de n'avoir aucun échange avec l'équipe qui se chargerait de récupérer les fugitifs. La prudence était de mise, un seul dysfonctionnement suffisait à faire démanteler tout un réseau. Il le savait d'expérience.

M. Fox n'était pas de Morveuil. Il venait de l'autre coté de la ligne de démarcation, où se trouvait la base arrière d'une résistance très active. Il avait déjà établi un lien avec une cellule dormante qui n'attendait que son feu vert pour passer à l'action. Il connaissait bien la situation, il serait lui-même  présent pour la réception des enfants à l'endroit désigné par « point alfa ». La mission d'Irma consistait à accompagner, le soir-même, Hervé à un endroit où les derniers détails de l'évasion seraient mis au point.

Reprenant ses activités habituelles, Raymonde se rendit tout naturellement chez M. et Mme Turpin. La mairie était devenue un véritable quartier général. L'édifice avait cédé deux tiers de ses locaux pour loger l'administration allemande. Dans la cour, régnait un va et vient incessant. Dans le hall, un plan géant était punaisé sur un grand panneau. Au retour de chaque équipe de recherche, on mentionnait la zone explorée.

Raymonde s'attarda quelques secondes et remarqua que la Venelle du Cloître avait été visitée, apparemment sans résultat. Sa présence devant le tableau attira l'attention d'un policier en faction qui lui demanda de décliner son identité et la raison de sa présence.
- Je suis au service de Mme Turpin, assura-t-elle, en présentant sa carte d'identité et un passe-droit lui permettant d'accéder aux étages.
Jouant la naïveté, elle demanda la cause de tant d'effervescence. Le policier lui rendit ses papiers, sans mot dire.

La tension était montée jusqu'au dernier étage. Le maire, accompagné de ses adjoints, fulminait contre Robert Voisin, l'un de ses conseillers. Celui-ci avait critiqué ouvertement la démesure des moyens mis en œuvre pour les recherches. En effet, un officier allemand lui avait confié la composition du groupe de fuyards et Voisin l'avait révélée à tous, lors du conseil municipal du lundi, faisant ainsi exploser le consensus de la veille.
- Alphonse, calmez-vous, mon ami ! répétait, sans succès, Mme Turpin.

La situation du maire était inconfortable car la majorité des élus ne lui était plus acquise. Or, il souhaitait poursuivre la coopération avec l'occupant, gage, selon lui, de l'équilibre et de la sécurité de la cité.

- Raymonde, préparez nous du thé, voulez-vous ! demanda Mme Turpin.

Le thé fut servi au salon en présence du maire, qui se rongeait les ongles en marmonnant, et de quelques adjoints.

- Des enfants certes… mais des Juifs, tout de même, hasarda Mme Turpin.

Les tasses en porcelaine fine tremblèrent sur le plateau de Raymonde, tandis que la femme du maire poursuivait :

- Et ce terroriste, qu'est-ce qu'il manigance ? Personne n'est à l'abri tant qu'il est dans la ville. Qui sera sa prochaine victime ?

Le maire se redressa, son épouse venait de lui souffler l'argument qui permettrait de poursuivre son action aux côtés des Allemands. La peur. Personne n'était en sécurité tant que cet individu n'était pas neutralisé. Sa décision était prise, poursuivre une collaboration sans faille. Quant aux contestataires, il attendait leur démission.

Raymonde refoulait un sentiment de colère. Dans la cuisine, seule avec Mme Turpin, elle lui fit part de sa désapprobation devant ce choix indigne. La réponse embarrassée et confuse de cette dernière, sous couvert d'une responsabilité d'État, fut la goutte d'eau... Devant sa patronne, interloquée, Raymonde dénoua son tablier et sortit.

Dans la cave, la journée s'était déroulée paisiblement, à la lueur des bougies. Hervé se voyait dans le rôle d'un animateur de colonie de vacances par temps de pluie : jeux de société, dessins, il avait même improvisé un numéro de prestidigitateur.
Samuel entreprit une amorce de discussion avec lui. Sur une feuille de papier, il dessina un paquet entouré d'un ruban.
- C'est un cadeau ! dit Hervé, en détachant bien les syllabes.
- Hervé, cadeau ! répondit Samuel.

En lui tendant un autre dessin, le garçonnet répéta :
- Samuel, Rachel... cadeau !
Il représentait le rêve de tout humain, une famille, dans un univers coloré et joyeux.

Un bruit de pas alerta Hervé. La trappe s'ouvrit laissant place au visage rond de Raymonde, éclairé d'un grand sourire. Elle descendit avec, au bras, un panier chargé. Les fruits de saison eurent la préférence des enfants : châtaignes cuites au feu de bois, pommes, noix et raisins devenaient festin de roi.

Toujours pas de nouvelles d'Edmond ni des autres passeurs. Et à Saint-Hilaire ? Y avait-il eu des arrestations ? A la mairie, Raymonde avait entendu dire qu'une patrouille allemande s'y était rendue, mais il n'était pas question d'interpellations. M. Fox en saurait peut-être plus ce soir…
Il fallut expliquer à Samuel et Rachel qu'Hervé devait se rendre à un rendez-vous. Les enfants se montrèrent d'autant plus inquiets que les explications n'étaient pas aisées. Hervé eut une idée : il remit sa montre à Samuel

en lui montrant qu'il serait revenu dans deux heures. L'information fut sans doute claire car il sourit et sembla rassuré. Raymonde embrassa les enfants qui veilleraient probablement jusqu'au retour d'Hervé.

# Demain, la liberté

La rue était silencieuse. La nuit était tombée, de rares réverbères diffusaient un maigre halo blafard. Pour se rendre sur le lieu du rendez-vous, Hervé eut l'impression de traverser un labyrinthe. Il mit son sens de l'observation à contribution pour dérouler un fil d'Ariane imaginaire qui lui permettrait de retrouver son chemin au retour.

- Nous sommes arrivés, chuchota Raymonde, devant une maison toute en hauteur.

Hervé ignorait le nom de la rue mais il retint le numéro, un 141 blanc se détachait sur fond vert. Raymonde introduisit une grande clé dans la serrure et les deux silhouettes s'effacèrent de la rue déserte. A l'intérieur, un couloir plongé dans le noir. Seul, un rai de lumière filtrait sous une porte pour les guider.

- Je ne peux pas t'accompagner plus loin, Irma doit conserver son anonymat.

D'un tapotement affectueux sur l'épaule, elle incita Hervé à entrer. Il entrouvrit la porte. Dissimulée dans l'ombre, Raymonde jeta un bref coup d'œil dans la pièce déjà bien sombre. Elle reconnut des visages familiers qu'elle n'imaginait pas engagés en pareille circonstance. Ils étaient quatre autour d'une table ronde. Un plan de la ville en papier glacé reflétait la lumière mobile d'une lampe à pétrole.

Dans la pièce la tension était palpable. La mission était de taille, il ne s'agissait plus de livrer un message ou un quelconque colis, comme à l'accoutumée, ni de faire un pied de nez à l'occupant. Cette fois-ci, il fallait l'affronter, le prendre de court alors qu'il était maître du terrain et avait minutieusement tissé son filet sur l'ensemble de la ville.
Après une brève présentation de l'équipe, M. Fox déroula son plan avec la rigueur d'un horloger. Sur le papier, le principe était simple : attirer la patrouille de nuit au nord de Morveuil, afin de permettre au petit groupe de rejoindre, par le sud, les berges du Lison. Là, il serait plus facile d'atteindre la sortie de la ville, en se laissant porter par le courant, dans une petite embarcation. Le passage obligé sous le pont était la difficulté majeure mais l'observation du site avait mis en évidence un angle mort. Du haut du pont, d'épais saules pleureurs, plantés sur la rive gauche, masquaient la vue sur la rivière.

Pendant les explications de M. Fox, Hervé observait ces hommes, à tour de rôle, comme pour mémoriser leurs visages. Il ressentait pour eux un mélange d'admiration et d'affection spontanée. Un lien invisible les liait dans cette extraordinaire aventure humaine.

M. Fox avait le profil type d'un officier à la retraite. Face burinée et crâne rasé, une petite moustache poivre et sel, soigneusement taillée, soulignait une bouche sévère. Son regard vif pouvait exprimer tantôt une extrême fermeté tantôt la bienveillance. Hervé éprouva de suite un sincère respect pour cet homme.

A sa droite, Antoine Duval, quinze ans, apprenti charcutier, était le cadet de l'équipe. Une présence plutôt surprenante de prime abord. Il paraissait très jeune et réservé. Son visage poupin ne correspondait pas à l'image qu'Hervé se faisait du résistant. Il eut tôt fait de voir en lui le maillon faible de l'équipe. Ce jugement hâtif fut mis à mal dès qu'Antoine prit la parole. Sa voix était grave et posée, son timbre troublant d'assurance. Il fit une présentation précise, relevant des détails précieux, sur le découpage de l'opération. Il était évident que M. Fox lui accordait toute sa confiance.

Matthieu Castagnet avait un physique de rugbyman, taillé dans le roc. Âgé de vingt-cinq ans, charpentier dans l'entreprise familiale, il avait été mobilisé au début du conflit dans un régiment de cavalerie. Il servait aujourd'hui comme sapeur-pompier volontaire. Sa présence dans l'équipe était une valeur sûre pour M. Fox qui lui avait confié la gestion de l'arsenal.

De même, la présence de Laurent de Saint Luc avait rassuré Raymonde. Le plus âgé du groupe avait une bonne quarantaine d'années. Intelligent, brillant, il avait pris récemment la direction d'une entreprise de machines-outils, premier employeur de la ville.

A ce poste, il pouvait user de son influence dans la cité. Militant dans le monde associatif, fervent engagé dans la paroisse, c'était un homme sensible et doué d'empathie. Le plan des opérations lui avait été soumis avant sa présentation, il y avait apporté quelques suggestions d'ordre tactique.

La réunion prenait fin. La réussite de l'opération, programmée pour la nuit suivante, dépendait de l'implication et de la détermination de chacun. La gravité des regards était la preuve que tous étaient pleinement conscients de cet engagement et de la responsabilité qui pesait sur leurs épaules. Ils se saluèrent par une franche et insistante poignée de main.

Hervé mit un nom sur le lien qui existait entre ces hommes si différents, cela s'appelait la fraternité. Son vieil ami, le père Pujol, lui en avait parlé autrefois. Le mot « frère » revenait souvent dans sa bouche. Il critiquait ceux qui employaient ce terme à tort et à travers, le galvaudant à des fins communautaires, ou ceux qui le réduisaient simplement au « vivre ensemble » :

- Ceux-là, vois-tu, pour moi, ce sont des « faux » frères. La vraie fraternité est engageante, car, si nous reconnaissons que nous sommes tous semblables, nous devons revoir nos relations autrement qu'en rapports de domination. La fraternité reconnaît notre interdépendance et notre besoin de solidarité. Il ne peut pas y avoir de justice ni de liberté sans reconnaissance de l'universelle

fraternité qui tient à notre nature humaine, lui avait-il expliqué.
La sagesse du père Pujol prenait, une fois de plus, tout son sens dans cette période troublée.

Passant par une petite porte dérobée, le petit groupe se dispersa dans la nuit. Avant de sortir à son tour, M. Fox posa sa main sur l'épaule d'Hervé. Le courage et l'engagement rapide du jeune Parisien auprès des deux enfants juifs avaient conquis Fox dont la fonction et l'expérience avaient pourtant aiguisé la méfiance. La confiance était partagée et la reconnaissance mutuelle.
- Nous allons vous sortir de là, tous les trois ! avait-il assuré.

La nuit était très fraîche. Hervé hâtait le pas et suivait d'instinct le chemin du retour en prenant soin de ne pas être repéré. Enfin, il reconnut la venelle menant à son refuge. Le calme régnait sur Morveuil. Seul l'aboiement d'un chien, au passage d'une patrouille, troubla un instant la quiétude de la cité endormie.

Hervé se glissa dans le réduit où les deux enfants s'étaient assoupis. D'un geste affectueux, il leur remonta la couverture jusqu'au menton. L'humidité de la cave augmentait la sensation de froid. Attendri, il regarda les petits Polonais et chuchota à voix basse :

- Demain nous serons en route pour la liberté !

Et, couché tout près d'eux, il s'endormit profondément.

Hervé fut tiré du sommeil par des voix joyeuses. C'était si insolite qu'il lui fallut quelques secondes avant de reprendre contact avec la réalité. Rachel et Samuel avaient improvisé une balançoire avec une planche et un billot de bois et ils riaient aux éclats. Avec ce simple jeu, ils avaient retrouvé ce qu'ils n'auraient jamais dû perdre : le bonheur et l'insouciance de l'enfance. Par la même occasion, sortant du carcan de silence, ils retrouvaient leur voix.

## C'est l'heure !

La cloche de l'église sonna vingt heures. Hervé vivait ces dernières heures d'attente avec beaucoup d'appréhension. Patienter une heure encore lui paraissait une éternité. Les enfants étaient assis, leur petit baluchon sur les genoux. Ils étaient sortis des profondeurs de leur cachette pour remonter un peu à la surface. Hervé dut les convaincre de rester à l'intérieur.

Lui se risqua à l'extérieur pour évaluer l'atmosphère alentour. La nuit était tombée, tout était paisible dans la venelle du Cloître. Il eut envie d'aller voir un peu plus loin, deux cents mètres le séparaient de l'église. Pour bénéficier d'un poste d'observation de premier choix, il entreprit l'ascension du clocher. Une large gouttière lui servit de support. Avec souplesse, il monta prudemment jusqu'à mi-hauteur. Une ouverture dans le mur lui permit d'accéder à l'escalier intérieur. Il s'y faufila sans peine et rejoignit la chambre des carillons. Il se posta sur l'une des ouvertures donnant sur la place centrale. La vue était imprenable, surplombant les toits de la ville et la cour de la mairie. Voir le monde d'en haut lui procura un sentiment de grande liberté.

Les sentinelles allemandes lui semblaient si petites, insignifiantes, même. Il s'allongea sur le plancher, posant son visage sur ses mains. Dans une attitude familière, longtemps pratiquée dans le petit magasin de sa mère, il observa la scène qu'il avait sous les yeux.

La place était vide, les becs de gaz éclairaient à peine une rangée de véhicules militaires parqués devant le mur d'enceinte de la mairie, partiellement transformée en Kommandantur. Son regard arriva sur l'intérieur de la cour. Comme le font les gamins, il pointa son doigt, tel un canon de fusil, et murmura :

- Vous êtes à ma portée, sans même le savoir…

Il tenta d'évaluer le nombre de soldats présents mais l'obscurité était trop dense. Des points, luisant par intermittence, trahissaient la présence d'une sentinelle tirant sur sa cigarette. Son compte se limitait à six individus mais il n'en était pas sûr.

Curieusement, l'extrême côté sud de la cour donnait une impression de mouvement. Le mécanisme du clocher

amorçait son annonce des neuf heures. La pensée d'Hervé retourna vers les enfants :
- C'est l'heure, il faut que je les rejoigne !

Il se redressa en jetant un long regard circulaire. La cloche sonna. Son regard se porta une dernière fois sur la cour de la mairie et il fut surpris par un effet de scintillement, dans la zone d'ombre. De toute évidence, une présence humaine importante, jusque-là indistincte, se révélait. Les casques d'acier renvoyaient cet étrange effet lumineux. Une compagnie entière, tapie dans l'ombre, se préparait à agir ! La peur envahit Hervé. Il se passait quelque chose d'anormal...
Une quarantaine de soldats se positionnaient devant la grille, l'arme au poing. La manœuvre ne correspondait pas à celle d'une patrouille habituelle, d'une dizaine d'hommes, telle que l'avait décrite M. Fox. Hervé comprit instantanément que la situation échappait au plan établi. Cela fut rapidement confirmé par la sortie rapide de la colonne de soldats. Ils prenaient la direction de la zone vers laquelle les résistants devaient faire diversion. Ces derniers étaient en danger, il fallait les prévenir !

Hervé prit une initiative folle. Sur des prises incertaines, il commença à descendre du clocher, coté place centrale. Arrivé au sol, il s'élança vers les véhicules en stationnement. Il récupéra le briquet, toujours au fond de sa poche depuis le mariage de sa cousine, puis il arracha le col de sa chemise. Se postant devant un camion de transport, il enflamma le morceau de tissu. Puis, il ouvrit le réservoir de carburant.

Une énorme déflagration retentit dans l'ensemble de la ville. Hervé fut projeté sur le sol...

La place s'illumina de flammes énormes et de fortes odeurs d'hydrocarbures se répandirent dans les rues voisines. Presque simultanément, le bruit assourdissant des fusils et de la mitraille résonna à son tour. Dans les foyers, la peur figea les Morveuillois, tirés brutalement du sommeil.

Deux heures plus tard, le silence était revenu. Mais, malgré la fin des violents combats, la ville semblait en état de sidération.

Indifférente aux errements des hommes, l'aube apparut, comme tous les matins, faisant jouer ses couleurs sur les toits de tuiles rouges. Et l'activité humaine reprit ses droits. Le boulanger ouvrit sa devanture, le charbonnier entama sa livraison et, devant les écoles, les échanges entre parents portaient sur les faits de la nuit. L'inquiétude était perceptible, chacun s'interrogeant sur les répercussions qu'auraient les faits.

La place de l'hôtel de ville, où gisait encore la carcasse d'un camion calciné, conservait les stigmates de la soirée agitée. Raymonde se hâtait de rejoindre le domicile de M. et Mme Turpin. C'était le jour où Mme Turpin rédigeait sa correspondance. Raymonde, qui faisait occasionnellement office d'écrivain public, lui venait en aide. Elle avait vécu les événements avec angoisse et voulait s'assurer que le dénouement de l'opération était favorable aux enfants et à Hervé.

# Irma

Raymonde retrouva Mme Turpin. Celle-ci lui donna les premières informations. On parlait de trois personnes tuées et d'un fugitif, tous qualifiés de terroristes. Les autorités exprimaient leur satisfaction quant à la réussite de l'opération. Le service de renseignements avait permis, d'une part, de neutraliser le groupuscule et, d'autre part, d'épargner la vie de soldats allemands. L'identification des corps était en cours.

Raymonde comprit alors que la tentative de récupération des petits Polonais s'était soldée par un désastreux échec. A priori, il n'était pas mentionné la présence d'enfants parmi les victimes. En revanche, les mots de « service de renseignements » l'alertèrent, laissant supposer une possible dénonciation. De plus, le nombre des morts ne correspondait pas à l'effectif initial.

Mme Turpin attendait son mari qui apporterait vraisemblablement des nouvelles. Il se trouvait avec le commandant allemand. Celui-ci souhaitait le remercier de vive voix pour sa collaboration active à l'éradication des cellules terroristes.

Raymonde était pâle et tendue. Malgré tout, elle s'efforçait de rester impassible pour ne pas se dévoiler et, le cas échéant, poursuivre sa mission de protection des vies en danger. Mais elle était tenaillée par le doute. Mme Turpin ne remarqua pas son émotion. Assise devant son bureau, elle feuilletait la pile de courriers en attente de réponse. Avec un soupir, elle reposa les lettres :

- Nous ne sommes pas à quelques jours près. Ça attendra ! Préparons plutôt de quoi les accueillir !

Elle mit une bouteille de champagne au frais et déposa un service de coupes en cristal sur la table du salon. Dans la cuisine, Raymonde, la regardait s'activer, triste et indifférente.

Le maire entra en riant et en parlant très fort. Accompagné par deux collaborateurs, il exultait une victoire qu'il s'appropriait. La reconnaissance des Allemands, que lui valait ce fait d'armes, était au-delà de ses espérances. Le commandant de la garnison l'avait couvert de louanges. Et il n'oubliait pas les avantages en nature qui lui seraient octroyés, gratification non négligeable en ces temps de réquisition et de pénurie. M. Turpin pria son épouse de le rejoindre au salon :

- Nous avons un événement à fêter, ma chère ! Il faut aussi féliciter, à notre tour, celui à qui nous devons cette réussite. Apporte le champagne !

Mme Turpin laissa Raymonde seule dans la cuisine. Un verre à la main, M. Turpin prononçait un éloge pompeux.

- Raymonde, apportez-nous les toasts, voulez-vous ? demanda Mme Turpin.

Raymonde se leva, prit une grande inspiration pour se redonner un semblant d'énergie et se dirigea vers le salon, le plateau à la main.

Sur le seuil, son visage se figea. Elle laissa choir le plateau, les toasts roulèrent sur le plancher. Devant elle, se tenait Laurent de Saint Luc, le stratège du commando de résistants. Leur regard se croisa. Dans celui de Raymonde, un mélange d'incompréhension, de colère et de souffrance. Saint Luc le reçut comme une gifle. Raymonde fit demi-tour et se réfugia dans la cuisine. Ne s'étant rendu compte de rien, Mme Turpin s'accroupit pour ramasser les toasts encore consommables.

Effondrée sur une chaise, Raymonde ne retenait plus ses larmes. En ce moment précis, elle désespérait de l'humanité, saisie d'effroi à l'idée de ce qui s'était passé la nuit précédente. Laurent la rejoignit, il venait de deviner qu'Irma, c'était elle ! Debout à son coté, il posa la main sur son épaule, il tenait à lui expliquer son choix. Hésitant, Il ne trouvait pas ses mots :

- Raymonde... Essayez de me comprendre... Je suis dans la place, ils me font confiance, ainsi je peux agir avec plus d'efficacité... Si nous connaissons leurs plans à l'avance, nous avons plus ce chance de les déjouer, non ?

Persuadé d'avoir choisi la bonne méthode, Laurent de Saint Luc trouva insupportable le regard plein de dégoût que lui lança Raymonde. Certes, il y avait trois victimes mais ne valait-il pas mieux sacrifier ces vies pour en épargner peut-être des centaines d'autres, plus tard ?

- Ce n'est que sauvagerie méprisable… Pauvre Antoine, pauvre Matthieu ! Tu nous as tous trahi ! Comment as-tu pu faire une chose pareille ?

En séchant ses larmes, elle dévisagea Laurent. Il restait silencieux, semblant espérer un peu d'indulgence. Chez Raymonde, le chagrin laissait place à la colère, un sentiment qu'elle éprouvait rarement, inconfortable mais stimulant. Il n'était plus nécessaire de parler, tout était dit. Déterminée, elle se leva, arracha son tablier et prit son sac.

- Attends ! tenta encore Laurent.

Elle refusa d'entendre. S'engageant dans la cage du grand escalier, elle descendit aussi vite que possible.

Laurent rejoignit le salon. Le maire l'interpella :

- Peux-tu m'expliquer ce qui se passe ?

Il ne prit pas la peine de répondre. A la vitesse de l'éclair, il prit conscience de la situation.
Raymonde-Irma devenait un danger. En aucun cas, elle ne devait parler à ses amis résistants. Laurent de Saint Luc restait persuadé que sa stratégie, consistant à être au plus près du pouvoir de l'occupant allemand pour mieux le combattre, ne devait pas être remise en question. Il s'approcha de la fenêtre donnant sur la cour. Raymonde allait franchir le portail... Alors, il l'ouvrit et hurla, en direction de la sentinelle :
- Ne la laissez pas sortir !

Usant de méthodes éprouvées, la Gestapo soumit Raymonde à un interrogatoire brutal. Fou de rage, M. Turpin vociférait des insultes nauséabondes envers cette sale traîtresse, en qui sa femme et lui avaient toute confiance. Mme Turpin mit du temps à comprendre tant la situation lui semblait insensée. Raymonde ne pouvait pas être cet horrible personnage que son mari décrivait, elle la connaissait bien. Il y avait sans doute méprise. Pour une fois, elle osa l'affronter et cria :
- Qu'avons-nous fait ?

Hors de lui, il l'insulta :

- Pauvre idiote ! Décidément, vous ne comprenez rien à rien… Vous êtes tout juste bonne à servir les petits fours !

En état de choc, Madame Turpin s'évanouit et s'étala de tout son long sur le parquet. Un adjoint la hissa sur un fauteuil et l'aida à reprendre conscience avec un sucre imbibé de Ricqlès. Elle émergea doucement et se souvint…

Raymonde… Peut-être la seule personne avec qui elle se sentait vivante. Vraiment. L'authenticité de cette femme déteignait sur elle. Avec Raymonde, Mme Turpin était en totale confiance, elle pouvait être elle-même. Pas besoin de surjouer la bourgeoise distinguée. D'ailleurs, vu son piètre talent d'actrice, elle avait conscience de n'être même pas convaincante dans ce rôle. Son mari avait raison sur ce point. Raymonde, elle, n'avait que faire de la réussite sociale, ses valeurs étaient autres : naturel, douceur, honnêteté... En recouvrant ses esprits, Mme Turpin eut honte d'avoir pu, l'espace d'un instant, croire en la trahison et en la malhonnêteté de celle qu'elle considérait comme une amie. Des sanglots l'étranglaient.

Désormais, elle y voyait clair et réalisait combien sa vie était insignifiante. Alors, elle essuya ses joues et prit une grande inspiration. Restée seule dans le salon, elle se leva en serrant les poings. D'un pas décidé, elle descendit l'escalier et se retrouva dans la cour de l'hôtel de ville. Guidée par une force nouvelle, elle voulait réparer l'injustice commise à l'encontre de Raymonde. Elle s'approcha de la porte de la Kommandantur mais hésita encore. Un peu de courage, allons, il faut sauver Raymonde… Elle allait frapper quand la porte s'ouvrit en grand.

Deux soldats, en uniforme sombre, traînaient Raymonde, titubante. Son visage tuméfié était méconnaissable. Dans un élan spontané, Mme Turpin se précipita vers elle. Son audace surprit les gardes qui marquèrent un arrêt.

Raymonde ouvrit les yeux et plongea son regard épuisé dans celui de Mme Turpin, plein de compassion. La bouche en sang, elle avait du mal à articuler. Mme Turpin devina plutôt qu'elle n'entendit :

- Sauvez les enfants !

Les deux Allemands reprirent leur marche, tirant leur victime vers un véhicule militaire où ils la jetèrent sans ménagement. Le véhicule démarra en trombe, soulevant un nuage noir de fioul et de poussière. Ces images furent les dernières que Mme Turpin eut de Raymonde.

# Le refuge

Hervé ouvrit les yeux. Recouvrant ses esprits, il fut saisi d'angoisse. Une douleur aiguë des avant-bras l'immobilisa. Il parcourut du regard son environnement, constatant avec soulagement qu'il n'était pas hostile. Il était allongé sur un lit dans une chambre douillette et colorée. Ses deux bras étaient enveloppés d'un bandage propre et soigné.
Son agitation avait attiré l'attention d'une personne, dans la pièce voisine. Un visage féminin apparut dans l'encadrement de la porte.
- Bonjour, je m'appelle Carole. Je vous ai vu dans le brasier. Je vous ai tiré jusqu'ici, vous l'avez échappé belle !
Une jeune femme, à peine plus âgée que lui, le regardait en souriant.

- Personne ne sait que vous êtes là, je crois que c'est mieux ainsi. Les pansements recouvrent vos brûlures. Les plaies sont vraiment très profondes. Je suis bénévole à la Croix- Rouge, précisa-t-elle.

Hervé était perdu, il cherchait à reconstituer le puzzle. L'explosion surgit de son amnésie momentanée. Puis... les enfants, l'exfiltration prévue, Raymonde…

- Quelle heure, quel jour sommes-nous ?

- Nous sommes jeudi, il est vingt-et-une heures. Vous avez dormi presque vingt-quatre heures.

- Mais, il faut que je…

En essayant de se lever, Hervé ressentit une violente douleur, interrompant de nouveau tout mouvement.

- La nuit est là, vous ne pourrez aller nulle part ! dit Carole. Reposez-vous, nous en reparlerons demain.

Sa voix douce suffit à l'apaiser, il somnola pendant quelques heures.

La pluie qui frappait fort sur les vitres de la chambre sortit Hervé de sa torpeur. Il tenta à nouveau de se lever. Malgré la douleur qui irradiait sur toute la longueur de ses bras, il parvint à se mettre debout. Les bras raides, il gagna le séjour et découvrit, à coté d'un plateau préparé pour le petit déjeuner, un petit mot à son intention : « *Je vous demande de rester très discret. Je reviendrai après*

*ma classe, pour le déjeuner. Régalez-vous, le pain est frais et la confiture faite maison. Soyez prudent. Carole* »
Hervé avait peu d'appétit, son esprit restait obsédé par cette nuit dont il ne connaissait pas l'issue. Et que s'était-il passé depuis ce temps ? Où étaient les enfants ? Étaient-ils seuls, toujours dans le réduit de la venelle du Cloître ? Il fallait qu'il sache. Il enfila ses habits avec difficulté et emprunta un imperméable à capuche qu'il trouva dans l'entrée. Il s'apprêtait à sortir, ainsi accoutré, quand il dut se rendre à l'évidence : la porte était fermée à clé. Les barreaux aux fenêtres ajoutaient à son impression d'être emprisonné. Résolu, bon gré mal gré, à patienter, il s'affala dans un fauteuil, ruminant son impuissance. C'était mieux ainsi. A l'extérieur, malgré la pluie, un dispositif de contrôle militaire arrêtait tous les passants.

# Pour l'amour de Raymonde

Pendant ce temps, Mme Turpin s'était enfermée dans sa chambre, elle ne voulait voir personne. Le visage de Raymonde la hantait. Elle cherchait, en vain, une cohérence à sa vie. Elle éprouvait un tel sentiment de solitude dans ce grand appartement.

Le mépris de son mari lui avait brusquement sauté à la figure, quelques heures plus tôt. Il augmentait l'image de futilité que lui renvoyait le personnel de la mairie, celle d'un être insignifiant que tout le monde côtoie et qui n'intéresse personne. Seule Raymonde la voyait et avait de la considération pour elle. Elle hurla son chagrin et son impuissance. Comme elle aimerait remonter le temps et réparer tout ce qui l'amenait à vivre aujourd'hui cet enfer !

Les derniers mots de Raymonde résonnaient sans cesse dans sa tête : « Sauvez les enfants, sauvez les enfants... ». « Mais, comment le pourrais-je ? » se demandait-elle.

Mme Turpin se remémorait chaque instant passé avec Raymonde en quête d'un indice. En pensée, elle parcourait les rues de la ville, que celle-ci empruntait chaque jour. Sa maison avait été perquisitionnée, rien de particulier n'avait été découvert. Soudain, une image survint : Raymonde glissant une clé au creux d'un muret. Mais d'où venait cette image ? La venelle ! C'était dans la venelle du Cloître ! Elle en était sûre.
Une force inattendue l'inonda : réparer une injustice, donner enfin un sens à son existence. Voilà ce qu'elle pouvait faire pour honorer la mémoire de Raymonde, son amie.

Mme Turpin quitta son appartement pour se retrouver, quelques minutes plus tard, sur la place centrale de Morveuil. Elle traversa sans aucun problème le cœur de la ville. Comme si elle était transparente, ce qui l'arrangeait bien. Pour la première fois, elle osait. Elle ressentit une impression de légèreté et une sensation nouvelle de liberté. Arrivée devant le réduit de Raymonde, elle constata que la porte était effectivement fermée à clé. Elle inspecta les environs, la venelle était déserte. Alors, elle glissa sa main dans l'orifice susceptible d'être une cachette. Elle poussa un cri : un lézard remontait sur son bras. Plus effrayé qu'elle, celui-ci sauta et disparut entre les pierres.

Après une deuxième tentative, elle sentit un objet métallique au bout de ses doigts. Tremblant légèrement, elle introduisit la clé dans la serrure. Deux enfants se tenaient face à elle, Samuel et Rachel se donnaient la main, paniqués. Elle trouva moyen de les rassurer :

- C'est Raymonde qui m'envoie pour vous chercher !

Ce prénom les tranquillisa. Elle leur tendit les mains, les petits les saisirent, confiants. Il s'agissait maintenant de sortir :

- Non, laissez vos affaires ici, elles vont nous encombrer.

Guidée par un élan instinctif, elle prit le chemin de la mairie, tenant les enfants par la main. Ils la suivaient sans résistance. Elle entra dans la cour sous le « bonsoir » du policier en faction. Alors qu'elle s'apprêtait à monter avec eux, la présence d'un véhicule municipal lui donna une idée. Elle installa Samuel et Rachel à l'arrière de la voiture et se mit au volant. Malgré son peu d'expérience de la conduite, elle réussit à démarrer. Elle avança

doucement jusqu'au portail qui, comme par enchantement, s'ouvrit, pour elle. Après quelques soubresauts, la voiture s'élança sur la route principale.
Elle n'avait aucune idée de sa destination. Ce qu'elle savait, c'est qu'elle voulait aider ces enfants. Raymonde le voulait, c'est ce qu'elle aurait fait ! Elle irait jusqu'au bout, coûte que coûte.

Un beau paysage d'automne défilait devant les yeux ravis de Rachel et son frère. Enfin, ils revoyaient le jour. Mme Turpin roulait droit devant depuis un long moment quand un barrage l'obligea à ralentir. Elle pensa un instant le forcer mais, finalement, préféra s'arrêter. Un gendarme de la brigade de Morveuil, souvent en poste à la mairie, la reconnut et la salua :
- Bonjour madame Turpin, que venez-vous faire par ici ?
Elle hésita à peine et dit dans un sourire :
- Je ..., je vais voir un guérisseur, pour soigner le psoriasis de mes deux neveux...
L'argument trouva écho chez le brave homme qui compatit :
- Fichue maladie !

Elle franchit le barrage sans plus attendre et poursuivit sa route. La voiture traversa plusieurs villages et parcourut de nombreux kilomètres.

La panne de carburant eut finalement raison de cette fuite insensée. La voiture toussa et cala définitivement. Mme Turpin fit descendre les enfants et ils poursuivirent le chemin, à pied, pendant deux bons kilomètres avant d'arriver dans un village.
Les habitants eurent un regard de pitié devant l'exode de ces malheureux, exténués. Le curé vint au-devant d'eux pour leur proposer son aide.
- Puis-je vous les confier ? demanda Mme Turpin.
Les enfants la regardèrent avec insistance, cherchant à comprendre son intention. Samuel réalisa ce que cette femme avait fait pour Rachel et lui. Il la remercia d'un grand sourire.

Sans le savoir, Mme Turpin avait franchi la ligne de démarcation. Le destin des deux enfants était maintenant entre de bonnes mains. Par un acte de courage aussi inattendu que spontané, elle avait réussi une mission quasi impossible. Elle avait réussi grâce à l'amour que Raymonde avait réveillé dans son cœur. Elle embrassa les petits et repartit, à pied, en sens inverse.

M. Turpin reçut un appel d'urgence. On avait retrouvé son épouse, épuisée, errant sur la route à plus de soixante kilomètres de Morveuil. Il y dépêcha une ambulance. Bien qu'il ignorât la vraie raison de l'histoire, il étouffa l'affaire tant elle lui faisait honte.

Mme Turpin fut prise en charge par le psychiatre de l'hôpital qui diagnostiqua une dépression sévère.

## Les berges du Lison

Hervé était toujours assis dans le salon quand le bruit de la poignée de la porte annonça le retour de Carole. Elle paraissait très inquiète. Son regard sombre avait perdu la douceur de la veille. Sans préambule, elle interpella Hervé sur ses intentions :

- Tu ne peux pas rester ici, je ne peux pas te garder chez moi !

Déstabilisé par cette entrée en matière, Hervé fut déconcerté par ce soudain changement d'attitude. Consciente de l'avoir froissé, Carole tenta de se justifier en évoquant le climat tendu en ville et l'interrogatoire oppressant qu'elle venait de subir. Sa voix était encore altérée par la peur et l'angoisse. Elle prenait conscience de l'ampleur du risque qu'elle encourait. En effet, le simple fait d'imaginer qu'Hervé puisse être aperçu par le voisinage la glaçait d'effroi. L'époque était propice à la suspicion et à la délation… Hervé comprit tout cela. Il la remercia pour le geste très courageux qu'elle avait eu en lui portant secours et, résigné, rassembla ses quelques effets.

Sans un regard, sans même un au revoir, Carole l'orienta vers une petite porte donnant sur une ruelle. A peine eut-il franchi le seuil, qu'il l'entendit claquer. « La peur engendre bien des paradoxes, se dit-il, en s'engageant prudemment sur le chemin, je ne peux pas lui en vouloir. »

Les feuilles jaunies, que l'automne avait arrachées aux branches, craquaient sous ses semelles humides. A mesure qu'il s'engouffrait dans d'étroits passages, des gouttes de pluie, tombant lourdement sur ses épaules, le sortirent de son abattement. Il reconnut la venelle du Cloître et accéléra le pas, avec l'espoir fou de retrouver les enfants. En s'approchant du réduit, il vit la porte entrouverte ; à l'intérieur, les baluchons abandonnés à même le sol... Hervé éclata en sanglots. Qu'étaient devenus Samuel et Rachel ?

Les pires scenarii se dessinaient dans son esprit. Il avait failli à son engagement auprès des enfants. Ce constat d'impuissance laissa peu à peu place à un récurrent sentiment d'injustice et de colère.

Assommé par une matinée affligeante, il se força à réagir. Prisonnier de cette ville assiégée, il fallait maintenant qu'il sauve sa peau. Il se dirigea alors vers le chemin qu'il devait parcourir avec les enfants. Il rejoignit les berges du Lison. La petite barque qui devait permettre leur fuite était encore là. Il monta à bord et la laissa filer au gré du courant. A l'horizon, se dessinait la silhouette sombre du pont, délimitant la commune. L'atteindre marquerait le début du chemin vers la liberté.

La pluie se changea soudain en trombes d'eau, brouillant la vue d'Hervé et ralentissant sa navigation. Elle eut toutefois un effet favorable : la sentinelle, postée sur le pont, quitta son poste pour se mettre à l'abri. La voie était libre.

La petite embarcation passa sous l'arche du pont. Hervé eut le cœur serré. Une végétation plus dense couvrait les berges du Lison, permettant de dissimuler davantage l'évadé. A la nuit tombante, la barque atteignit un embarcadère de pêcheur. Il se hissa sur la berge, reprit son souffle et s'engouffra dans la profondeur de la forêt...

# Juin 1971

« Le vol Air France en provenance de Tel Aviv est annoncé avec une heure de retard ».

Tout en feuilletant fiévreusement le journal, Jean s'impatientait. Il allait retrouver cet enfant qu'il avait recueilli voilà maintenant presque trente ans.

Ses mains calleuses et son visage tanné par le travail dans les champs ne dissimulaient en rien la douceur et la bonté de son regard. Dans les heures sombres de l'effroyable guerre, son épouse et lui avaient fait le choix de servir la cause de la justice et la liberté. Samuel et Rachel avaient bénéficié chez eux de bien plus qu'un simple lieu de protection. L'affection de Jean et Bernadette avait suppléé la tendresse de parents absents. Les enfants avaient complété leur famille nombreuse jusqu'en 1946.

A l'issue de la guerre, Rachel et Samuel avaient rejoint un oncle et une tante, migrant vers les terres d'Israël. En dépit de leur séparation, une correspondance régulière s'était établie entre les enfants rescapés et le couple. Samuel avait plaidé pour eux la cause du Juste, auprès des responsables de ce nouvel État qu'était Israël. L'objet de son retour en territoire français était d'obtenir cette même reconnaissance pour tous ceux qui l'avaient secouru, lui et sa sœur. Il gardait en mémoire des visages sans nom et souhaitait les identifier. Il avait l'intention de consacrer son séjour à la recherche de ces inconnus dont les mérites étaient bien réels.

Le Boeing atterrit et se positionna au terminal deux de l'aéroport d'Orly. Jean s'était rapproché de la zone du point d'accueil et, du haut de son mètre quatre-vingt-dix, il scrutait la longue file d'attente des passagers, devant le contrôle douanier. Serait-il capable de le reconnaître ? Dans le doute, il griffonna à la hâte les cinq lettres composant le prénom de celui qu'il attendait. La foule était dense. A quelques mètres devant lui, un jeune quadragénaire, au regard vif et rieur, le fixait avec insistance. Samuel l'avait reconnu en premier et entreprit

de s'avancer dans ce lieu encombré. A son tour, Jean distingua ce regard… Aucun doute possible !
Ils tombèrent dans les bras l'un de l'autre. Trente ans séparaient ces retrouvailles mais l'intensité de leur histoire commune ne s'était en rien estompée.

## La quête

Une longue aventure s'annonçait pour Samuel, en quête de son histoire. A partir de ses souvenirs, il avait anticipé ses recherches et retrouvé le nom de la ville dans laquelle Rachel et lui avaient trouvé refuge. Il avait donc rejoint Morveuil-sur-Lison par le train et s'était installé dans un petit hôtel familial sur la place de la Victoire.

Il projetait de consulter les archives de la ville et comptait ainsi retrouver le nom de trois personnes dont les visages étaient gravés à jamais dans sa mémoire. Il s'agissait de ceux d'un jeune homme et de deux dames d'un certain âge. Il espérait qu'ils aient pu survivre à l'épreuve vécue ensemble et qu'ils aient été reconnus pour leur courage et leurs actes de résistance.

Pour l'heure, Samuel avait rendez-vous à la mairie de Morveuil, afin d'accéder aux archives de la Résistance. Il fût accueilli chaleureusement par le secrétaire de mairie et des élus. Sa venue avait mobilisé un certain nombre de personnes dont trois hommes portant sur leur veste un symbole d'anciens combattants. Au vu du nombre de personnes présentes, souhaitant l'aider dans ses recherches, il pensa qu'il obtiendrait rapidement des réponses à ses questions. Depuis son séjour en France, Samuel avait conservé une bonne maîtrise du français, qu'il avait entretenue, pendant ces longues années, en intégrant une communauté francophone en Israël.

Les trois anciens combattants lui présentèrent des photos de l'époque sur lesquelles figuraient les visages de ceux qui avaient contribué à la libération de leur ville. Excité et impatient, Samuel se concentra sur les clichés, tournant une à une les pages du grand album. Arrivé à la dernière page, sa déception était grande : aucun de ceux qu'il recherchait ne figurait là. Il le parcourut une seconde fois, sans plus de succès.
Malgré les échanges avec l'assemblée, attentive, ses premières recherches n'avaient rien donné. Samuel s'interrogeait sur les possibles pistes à suivre. Il eut accès aux archives où il s'enferma pendant plusieurs jours à la recherche d'un nom ou d'un indice lui permettant

d'avancer. Il était persévérant : il ne quitterait les lieux qu'une fois sa quête aboutie.

Tard, le soir, il rentrait dans sa chambre d'hôtel, se remémorant les événements du passé. Il sillonna les rues de Morveuil, en vain. Avec de nouvelles habitations, la ville s'était métamorphosée. Seule, la place de la mairie réveillait en lui des bribes de souvenirs : une dame, leur tenant la main, les conduisait, d'un pas décidé, vers une automobile…
Une nuit, il se réveilla avec un prénom en tête « Hervé » ! Il pouvait être un indice précieux. Le lendemain, Samuel parcourut les archives à la recherche des personnes portant ce prénom. Rien. Dix jours s'étaient déjà écoulés. Ces recherches infructueuses généraient en lui de l'incompréhension et de l'agacement. Comment ces gens, si courageux, s'étant comportés comme des héros, avaient-ils pu disparaître de la mémoire de toute une cité ?

Alors qu'il allait céder au découragement, il eut la surprise de recevoir le soutien des habitants de Morveuil. La raison de sa présence s'était ébruitée et, tout naturellement, les gens proposaient leur aide. Le journal local offrit de rédiger un article sur son enquête. Il fût convié à passer dans les bureaux du quotidien. Pour Samuel, le temps était compté, son séjour s'achèverait avant la fin de la semaine. Il lui restait quatre jours.

En se rendant à la rédaction de *La Voix de la République*, il traversa le marché des antiquaires. L'un d'eux lui tendit des vieux journaux et vieilles revues. Les feuilletant rapidement, il convint que la réponse se trouvait forcement dans ce type d'archives. Le décryptage des événements, jour après jour, le conduirait forcément à retrouver les oubliés de sa mémoire. L'espoir revint.

Il se dirigea vers un vieil immeuble décrépi, à l'enseigne rouillée. Une hôtesse l'accueillit avec le sourire. Il était attendu, elle prévint la direction de son arrivée.

Une vaste salle était à sa disposition. De grandes caisses cartonnées, classées par édition, étaient posées sur plusieurs tables. Sur chacune, figuraient les années, inscrites à l'encre jaunie par le temps. La direction chargea Eloïse d'assister Samuel dans ses recherches.

Ravissante jeune femme d'une vingtaine d'années, celle-ci était nouvelle dans sa fonction d'hôtesse. Elle lui avoua à demi-mot que son ambition était de pouvoir un jour être journaliste. De nature joviale, son enthousiasme était communicatif. La mission consistant à accompagner Hervé dans ses recherches l'enchantait. Ce travail d'investigation serait peut-être pour elle, une opportunité professionnelle...

En peu de temps, ils élaborèrent ensemble une méthode de travail et se partagèrent les tâches. A partir de l'année 1941, Eloïse devait passer au crible tous les articles et les événements ayant trait à l'occupant et à la Résistance, mais aussi des faits de droit commun qui pourraient offrir des indices précieux. Samuel prendrait le temps de visionner les photos sur l'ensemble de la période de guerre.

Eloïse nota de fréquents échanges entre les autorités de la ville et l'occupant. Elle remarqua que, même en présence des Allemands, la vie à Morveuil était restée douce, sans réelle restriction, riche en événements culturels et sportifs. Ainsi, une équipe de football, composée de soldats allemands, affrontait, tous les week-ends, celle de la ville. Même si les scores étaient généralement plus en faveur des Français, les Allemands restaient bons joueurs. Des articles relataient également la relation forte et amicale entre le maire et le commandant de la garnison allemande. La coopération était pleine et entière.

Un événement marqua l'automne 1941. Le journal rapportait un fait d'armes entre l'occupant et un groupuscule terroriste. On déplorait la mort de deux jeunes Morveuillois qui, n'ayant pas respecté le couvre-feu, auraient été confondus avec les terroristes. Le journal faisait également état de possibles complicités dans les campagnes, mentionnant des arrestations dans la commune voisine de Saint-Hilaire-en-Jemme.

L'année suivante, le journal s'efforçait de renvoyer l'image d'une entente parfaite avec l'occupant mais des tensions étaient, malgré tout, sous-entendues. Ainsi, était évoqué le départ de nombreux jeunes sans que soit donnée leur destination réelle. La disparition d'une sacristine de la paroisse avait semé le doute et nourri des rumeurs d'exactions de la part de l'autorité allemande.

L'année 1943 devenait plus complexe et le journal profitait de son rayonnement pour servir la propagande. *La Voix de la République* dénonçait les agissements des partisans harcelant l'occupant, pillant les fermes et créant un climat délétère dans la ville. On pouvait lire que M. le Maire ne se déplaçait jamais sans son garde du corps. Le cadavre d'un milicien était découvert au petit matin. Le directeur de l'usine de machines-outils, proche collaborateur du maire, avait été retrouvé, pendu à son domicile.

A la Libération, après le départ de la garnison allemande, la foule avait rendu justice en fusillant le maire de Morveuil. Un déchaînement de violence avait frappé la cité, avec son lot de mutilations et de femmes tondues pour avoir fréquenté de trop près l'occupant.

Eloïse parcourait les articles, prenait des notes, croisait les informations et rédigeait une synthèse, réalisant en cela un véritable travail de détective.

Pendant ce temps Samuel, groupait à son tour les photos susceptibles de fournir des indices. Malheureusement, la plupart avaient perdu leur qualité, rendant les silhouettes et les visages flous et peu reconnaissables.

## Dialogue avec le passé

Pourtant, Samuel revint sur l'un des derniers articles consultés. Eloïse ressentit son émotion. Peut-être qu'un fragment de l'histoire apparaissait enfin... Elle s'approcha de lui pour examiner le document. Une photo saisissante montrait le visage terrorisé d'une femme, tondue en public, sous les huées d'une foule haineuse. Elle était légendée : « La honte »...

Samuel questionna Eloïse, elle ignorait l'identité de la personne photographiée. Mais elle eut une idée : elle emporta la photo et se précipita au bureau du conseil d'administration. Par chance, deux membres étaient présents. Ils reconnurent la femme, de manière formelle : c'était Mme Turpin, l'épouse du maire de l'époque. La photo avait été prise le jour de l'exécution de son mari.
Tous trois descendirent retrouver Samuel qui confirma qu'il s'agissait bien de la dame secourable qui avait participé à leur évasion de Morveuil.
- Est-elle toujours en vie ?

- Oui, répondit le plus ancien des administrateurs. Je crois qu'elle réside à l'hospice Saint Frai.
Samuel attrapait déjà son manteau. Eloïse le suivit :
- Je vous accompagne, décréta-t-elle.

Sur le parking du journal, Eloïse l'invita à prendre place dans sa 4L Renault blanche. D'une conduite un peu trop sportive au goût de Samuel, elle s'élança vers le faubourg de la ville. Celui-ci avait gardé la photo et ne la quittait pas des yeux. Il n'avait aucun doute sur l'identité de la femme et, le cœur battant, il espérait, autant qu'il redoutait de la revoir.
En quelques heures, Eloïse avait fait sienne la recherche de Samuel, elle mesurait l'importance de cette découverte et cachait mal son impatience.

L'hospice Saint Frai hébergeait des résidents dont la situation sociale était précaire et l'état de santé fragile. Le bâtiment était ancien et le confort très rudimentaire. Il était tenu par une congrégation religieuse, épaulée par des soignants salariés. Malgré les conditions de travail

difficiles, tout le monde était impliqué avec zèle afin de prendre soin des résidents.
Le silence régnant dans la salle commune fut rompu par l'entrée des membres du personnel, guidant Samuel, Eloïse et Marc, un journaliste de *La Voix de la République*. Mme Turpin était là, assise dans son fauteuil roulant, l'air absent, au milieu de ses semblables.

La vieille dame sursauta, surprise de tout cet attroupement autour d'elle. L'infirmière du service lui prit la main et s'accroupit près d'elle :
- Vous avez de la visite, madame Turpin, ces gens sont venus de loin pour vous voir !
- Mais qui sont-ils ? interrogea-t-elle en ouvrant de grands yeux.
Samuel s'approcha et, imitant l'infirmière, il s'accroupit devant elle :
- Je suis venu vous remercier pour ce que vous avez fait pour moi et pour ma sœur, quand nous étions petits.
- Ah bon ? Et qu'est-ce que j'ai fait ?

- Vous m'avez sauvé la vie, madame, répondit Samuel, la gorge serrée par l'émotion. Et je vous en suis infiniment reconnaissant.
- Ben, je ne m'en souviens pas !... Ah bon, j'ai fait ça moi ?
Bouleversées par cet échange, Eloïse et l'infirmière avaient les yeux mouillés. De même, face à la fragilité de cette femme, à sa mémoire qui s'étiolait, Samuel ne put retenir deux larmes qui coulèrent sur ses joues. Il prit la main de la vieille dame.
- Mais, il ne faut pas pleurer... lui dit Mme Turpin, d'une voix douce, en le regardant droit dans les yeux.
- Vous nous avez sorti des griffes des Allemands, ma sœur et moi... C'était pendant la guerre, vous vous souvenez ?
- Ah oui... la guerre... Raymonde !... Ma pauvre Raymonde, ils l'ont tuée, c'est affreux !
- Mais qui est Raymonde ? demanda l'infirmière.

Ce prénom trouva écho en Samuel. Dans la confusion de ses souvenirs, les personnages commençaient à reprendre leur place. Il revit le visage de la gentille petite dame au grand cœur. A chacun de ses passages dans la remise où ils avaient trouvé refuge, la cave sombre se remplissait d'humanité. Raymonde leur avait porté secours et plus encore, tendresse et affection. Cette femme procurait un moment de paix à ceux qui avaient peur, un instant d'amour à ceux qui se sentaient abandonnés.

- Oui, c'est cela ! Elle s'appelait Raymonde !

Très perturbée par ce brutal retour dans le passé, Mme Turpin s'agita dans son fauteuil et se mit à crier, d'une voix déchirante :

- Raymonde ! Au secours… Ils vont venir nous chercher nous aussi... Ah, si vous aviez vu, ils l'ont défigurée !…

L'infirmière demanda d'interrompre l'entretien. Samuel se leva, prit la vieille dame, tremblante, dans ses bras et l'enveloppa tendrement. Elle s'agrippa à lui, comme pour le retenir. Puis, elle s'apaisa peu à peu, relâchant doucement sa pression. Et, de nouveau, elle plongea dans un silence protecteur.

Les témoins de ce dialogue respectèrent l'intensité de ce silence. Immobile et légèrement en retrait, Eloïse avait suivi toute la scène avec une profonde émotion. Sa sensibilité lui avait permis de capter toute la puissance de ce moment unique qui resterait à jamais gravé dans sa mémoire. Elle en était certaine.
Le journaliste de *La voix de la République* qui les avait accompagnés, flairant un bon sujet, s'approcha de la jeune femme. Il assura que ce témoignage méritait une publication et lui proposa d'écrire un article ensemble. A deux, il serait plus facile de traduire en mots la force de ce qu'ils venaient de vivre. Eloïse fut ravie. Elle ajouta que cet article était d'autant plus important qu'il s'agissait d'assurer la réparation publique d'une terrible injustice : une femme était morte, une autre avait souffert, sa vie durant, d'avoir été injustement condamnée. Il était grand temps de laver leur honneur et d'inciter les autorités à leur rendre hommage.

Samuel sortit, seul, dans le parc. La brise soufflait dans la ramure d'un grand tilleul en fleurs. Les rayons du soleil miroitaient sur le feuillage tendre et translucide. Le lieu inspirait le recueillement.

De retour au siège du journal, Samuel fut averti d'un nouvel élément. Suite à la parution de l'article faisant appel aux témoignages, l'institutrice de l'école primaire Saint Martin souhaitait le rencontrer. Samuel espérait tomber enfin sur la piste de la dernière personne pour qui il avait entrepris ce voyage. Hervé avait marqué son existence, il se devait de le retrouver. Eloïse, qui poursuivait assidûment le recueil de tous les témoignages, l'accompagna pour ce nouvel entretien.

Ils avaient rendez-vous avec l'institutrice à la terrasse d'un bar, en face de l'école. La rue était animée par l'activité des petits commerces, dont un marchand de café et une boulangerie qui contribuaient à embaumer tout le quartier. L'attroupement des parents devant la grille annonçait la sortie imminente des écoliers. Quelques minutes plus tard, une envolée de gamins, joyeux et bruyants, emplit la rue de cris et de bavardages. Une bouffée de fraîcheur et d'insouciance pour Samuel, dans une journée chargée de mélancolie.

Carole, l'institutrice, apparut à son tour. Elle prit place entre Samuel et Eloïse, autour d'un guéridon au plateau de marbre, et commanda un thé au jasmin. Puis, elle relata la nuit de violence, l'explosion du camion et parla de cet homme, inconscient, qu'elle abrita chez elle. Il se prénommait bien Hervé, il n'était pas du pays. Elle croyait se souvenir qu'il était originaire de la région parisienne mais elle ignorait la raison de sa présence à Morveuil. Son récit était crucial, elle était la première personne qui attestait enfin de l'existence d'Hervé.

Au-delà du témoignage, Carole avait besoin de se confier et de se libérer d'un poids, encore lourd à porter. Elle s'en voulait d'avoir eu peur et d'avoir abandonné Hervé dans de telles circonstances. Elle ne l'avait jamais revu et ne savait pas ce qu'il était devenu. Se sentant toujours coupable, elle espérait que l'enquête, menée par Samuel, apporterait une réponse rassurante. « Vous me donnerez des nouvelles, s'il vous plaît ?».

Le récit de Carole confirmait avec plus de précision le calendrier des événements tels que les avait relatés le journal. Pourtant, l'article ne mentionnait rien de cela. La censure avait vraisemblablement réinventé l'histoire pour servir une propagande en faveur de la collaboration.

Discrète pendant tout l'entretien, Eloïse avait pris des notes. Elle regarda Samuel, grave, partagé entre la satisfaction d'être, enfin, assuré de l'existence d'Hervé et la déception de se trouver dans une nouvelle impasse. Car, la trace s'arrêtait là.

# Retour à Saint-Hilaire

Eloïse feuilletait son journal de bord et reprit les articles de journaux correspondant à la période évoquée par Carole. Elle s'attarda sur les conséquences de la nuit, pointant la répression de l'occupant sur la commune de Saint-Hilaire. Le lien était désormais évident. Elle suggéra à Samuel de privilégier cette piste et de se rendre sur place. Il accueillit la proposition avec un grand sourire et la remercia pour son dévouement. Sa quête était devenue une mission commune que tous deux poursuivaient dans un climat de confiance et de complicité.

Plus jeune que Samuel, Eloïse recevait de plein fouet la vision d'un pan de l'Histoire qu'elle ne connaissait que très superficiellement. En suivant le jeune homme, elle s'imprégnait de son vécu. Elle comprenait mieux le sens de sa quête et son besoin d'honorer l'engagement humain. Le don de soi de ces hommes et ces femmes ordinaires, elle l'admirait. Leur choix d'agir, au mépris de leur tranquillité, au péril de leur vie, rendait à l'humanité toute sa grandeur. Elle était maintenant consciente de tout cela. Et le besoin viscéral de transmettre leur parcours se faisait de plus en plus impérieux pour la jeune femme.

La 4L s'élança dans la campagne vallonnée, sur une route étroite et tortueuse. Les hameaux de pierre se fondaient avec les calcaires naturels surplombant le relief. Dans cette nature, régnait la douceur d'un monde paisible, rythmé par les saisons.

Le village de Saint Hilaire apparut au fond de la vallée. Un instant ralentie par le passage d'un troupeau, sous la surveillance d'un jeune garçon et de son chien, la petite voiture se gara, peu après, devant l'église.

Saint-Hilaire était un modeste village, essentiellement agricole et ne disposait que d'une boulangerie, un bar-tabac, un bureau de poste et une mairie, attenante à l'école. La petite église était ouverte. Par curiosité, Samuel entra et demeura quelques minutes admiratif devant l'architecture romane, si belle dans sa sobriété. Sa méditation fut interrompue par l'entrée du curé. Eloïse prit l'initiative d'aller à sa rencontre et lui exposa la raison de leur venue.

- Le village a, en effet, été violemment éprouvé pendant la guerre, reconnut ce dernier.
Il poursuivit avec gravité :
- Les Allemands sont arrivés dans la soirée. Ils ont rassemblé tous les villageois sur cette place et embarqué sept jeunes, dont un couple qui venait de se marier, la veille. Sur les sept, une seule personne est revenue de l'horreur, Madeleine. Quelle épreuve et quel courage, c'est une sainte femme !
Se tournant vers Samuel, le curé le regarda dans les yeux :
- Cela a été une dure épreuve pour vous aussi... Quand l'homme comprendra-t-il que notre fraternité est inhérente à notre humanité ? Nous devons solidarité et amour à notre prochain.
Eloïse et Samuel l'écoutaient avec intérêt. Samuel demanda au prêtre s'il avait connaissance de la participation d'un certain Hervé à ces événements. Le curé réfléchit, il ne connaissait personne portant ce prénom. Puis, se reprenant :
- Vous disiez Hervé ? Maintenant que j'y pense, Madeleine est bien liée avec un Hervé, il me semble, son

cousin de Paris. Il est possible que vous trouviez une réponse auprès d'elle, elle n'habite pas bien loin. Suivez-moi...

Le curé les conduisit devant une maison aux volets bleus, bordée d'un massif d'églantiers. Il frappa à la porte. Une dame, qui devait avoir entre cinquante et soixante ans, ouvrit.

- Bonsoir Madeleine, ces jeunes gens souhaiteraient te parler. Es-tu disponible pour les recevoir ?

Aimablement, Madeleine les invita à entrer. Samuel raconta son histoire. Sous le choc, elle demeura un long moment interdite. Enfin, elle prononça d'une voix affaiblie :

- Vous êtes Samuel... l'enfant polonais... ?

Le retour dans un passé tout juste cicatrisé la chamboulait, moralement et physiquement. La voyant chanceler, le curé posa la main sur son épaule pour la soutenir. Madeleine saisit un mouchoir sur la table et s'éloigna. Eloïse la rejoignit pour ne pas la laisser seule. La comtoise scandait les secondes, dans le mouvement perpétuel de son balancier...

Essuyant délicatement ses yeux, Madeleine reprit, un peu plus tard :

- Oui, Hervé est mon cousin, et il est bien vivant aujourd'hui…

A son tour, elle relata les faits dont il fut acteur et témoin. Les souvenirs étaient si douloureux qu'elle dut s'asseoir pour poursuivre son récit : les souffrances endurées suite à la rafle dans le village accusé de collaboration avec l'ennemi ; la mort de son frère, Edmond, alors qu'il cherchait à faire traverser la ligne de démarcation aux enfants ; celle de Maurice, son mari, envoyé en camp de concentration, avec ses amis. Elle-même devait également être déportée. Sa vie ne tint qu'à une erreur d'aiguillage, si bien que son convoi fut détourné pour se retrouver en rase campagne. Elle avait pu s'échapper, profitant de la confusion générale.

Peu à peu, le timbre de la voix de Madeleine se faisait plus clair, la parole devenait plus paisible. A nouveau, la tristesse refluait… Recouvrant ce qui devait être son tempérament naturel, elle demanda, d'un ton presque joyeux :

- Et Rachel, que devient-elle ?

Samuel sourit, soulagé de constater qu'elle surmontait son émotion. Il retrouvait la douceur qu'elle avait manifestée en les accueillant :

- C'est une jeune femme de trente-cinq ans, maintenant ! Elle est médecin à Tel Aviv.

- Je ne vous ai rien proposé à boire ! s'exclama Madeleine. Vu l'heure, accepteriez-vous de rester pour dîner ?

Tous trois acceptèrent sans hésitation. Le repas permettrait de prolonger cette extraordinaire rencontre. Ils avaient tant de choses à partager.

Dans le village de Saint-Hilaire-en-Jemme, les rues étaient calmes, les cloches de l'église sonnaient l'angélus. Le soleil poursuivait sa course vers l'ouest.

## Un sens à la vie

La rédaction de *La Voix de la République* était vide. Eloïse était en avance, tant son impatience à écrire était grande. Elle s'installa devant un petit bureau et reprit toutes ses notes. La co-écriture d'un article était pour elle une première, elle avait longtemps espéré ce moment. Tout en jouant avec son stylo, elle se perdit dans ses pensées et réalisa à quel point sa vision de la vie avait changé en peu de temps. Elle se sentait plus grave, plus adulte. Les jours passés à partager l'histoire de Samuel, les rencontres avec Madeleine et Mme Turpin, l'avaient fait grandir. Le sens qu'elle voulait donner à son avenir, tant personnel que professionnel, s'était révélé.

« Le hasard, ou la providence, a placé Samuel sur mon chemin. Il est là aujourd'hui, en 1971, grâce à des êtres humains qui ont fait des choix en 1941 », songea-t-elle...

A son tour, elle devenait un maillon dans la chaîne d'humanité, initiée par Hervé, relayée par Raymonde, rejointe par Mme Turpin. Comme eux, elle désirait être un maillon actif et engagé.

Marc, le journaliste avec qui elle devait travailler, n'était toujours pas là. Eloïse se leva brusquement :
- C'est à moi de prendre le relais !

Elle se précipita dans le bureau du rédacteur en chef pour lui proposer de rédiger seule. Il refusa et lui ordonna de retourner à son poste d'accueil. Ulcérée, elle tenta de le convaincre de l'utilité d'un tel article :
- Ces gens-là ont fait preuve d'un tel courage ! On ne peut pas les oublier… ce n'est pas possible, ce n'est pas juste !
Elle insista sur la mort atroce d'une Morveuilloise, sur l'injustice qui avait brisé la vie d'une autre. Habitée par son sujet, encore bouleversée à l'évocation de certains souvenirs, Eloïse se faisait le porte-parole de tous ceux qui avaient souffert dans leur chair, dans leur vie, allant jusqu'à se sacrifier pour leurs frères humains.

- Je vais rédiger cet article, j'irai jusqu'au bout. Je dois transmettre ce que j'ai appris, ce que j'ai entendu, c'est une nécessité pour moi.
Devant le refus obstiné du rédacteur en chef, objectant que ce genre d'article ne convenait pas à la ligne

éditoriale de *La Voix de la République*, elle sortit en marmonnant :
- Ah ! C'est certain qu'on est loin des cancans et des chiens écrasés…

En colère mais déterminée, Eloïse s'enferma dans le bureau de Marc et commença, en tapant très fort sur les touches de la machine à écrire : « *Samuel avait neuf ans en 1941. Il est revenu dans la ville où sa vie a basculé trente ans plus tôt...* »

Deux heures plus tard, on força sur la porte. La silhouette de Marc paraissait derrière la vitre opaque du bureau. Eloïse lui ouvrit. Il n'était pas surpris de la trouver à sa place.
- En retard certes, mais tu ne devineras jamais ce que j'ai récupéré… J'ai fini par trouver la dernière photo qui nous manquait pour notre article, celle de Raymonde, aux archives de la paroisse.
- Donne-moi cinq minutes, je le termine…
Marc sembla étonné. Elle lui raconta l'entretien avec le rédacteur en chef et sa volonté de lui tenir tête. Elle tira un

feuillet de la machine à écrire et le lui tendit. Il prit une chaise et lut avec attention. Eloïse l'observait, tentant de deviner ce qu'il pensait ; elle lut de la satisfaction dans son regard.

La jeune femme avait choisi de rédiger son article sous la forme d'un plaidoyer. Elle témoignait de l'obstination d'un homme souhaitant honorer la mémoire, le courage et les actes d'artisans de l'Humanité. Elle dénonçait la lâcheté, l'orgueil et le désir de domination. Enfin, elle interpellait les pouvoirs publics pour que soient reconnus ces hommes et ces femmes si injustement condamnés ou oubliés par l'Histoire. Elle l'avait titré « Tant qu'il y aura des Justes ».

Marc resta quelques instants silencieux. Eloïse s'impatientait :

- Alors ?

- Tu sais que tu écris bien ! Ton article vaut mieux que *La Voix de la République*, je connais le rédac' chef du journal national *France Libérée*, on va lui envoyer. Tu as raison, il faut porter ce genre de sujet à la connaissance du plus grand nombre possible de lecteurs. Notre boulot, c'est aussi de faire réfléchir…

- Tu as dit « notre » boulot ! Merci... Maintenant, je veux agir. Comme Hervé, Samuel et tous les autres, je veux contribuer à faire passer ce message. L'humain est certes capable du pire mais aussi du meilleur, il faut le faire savoir. Il ne faut pas oublier que la conquête de notre propre liberté doit s'accompagner de ce supplément d'attention à l'autre. Nos avenirs sont liés, nous sommes tous interdépendants les uns des autres. C'est en concédant que le Bien est commun que nous ferons avancer l'humanité. Si je pouvais le vivre pleinement, à mon niveau… Tu comprends ce que je veux dire ?

## Paris, juin 1971

La pluie venait de cesser et le rideau nuageux se déchirait, laissant apparaître le bleu du ciel d'Île-de-France. L'orage avait rincé la chaussée et l'odeur des pavés chauds et humides emplissait la ruelle fumante et silencieuse.
Samuel apparut au bout de la rue. Il consulta son plan et reprit sa marche. Le claquement régulier de ses talons résonnait dans la ruelle. Le pas était pressé et impatient, il s'interrompit devant la porte d'un petit magasin.
Serrant la poignée, il entra dans la boutique où un homme, courbé au-dessus d'une table, terminait la confection d'un paquet. Samuel l'observa un moment, avec émotion. Quand il se redressa, Samuel reconnut la silhouette de celui qui fut, pour lui, la personnification du courage, l'incarnation du Juste.

Hervé lança :
- Bonjour, veillez entrer ! Mon employée va s'occuper de vous. Christèle, je file à la Poste pour déposer le paquet, peux-tu descendre ? Nous avons un client !

Samuel bloquait le passage. Hervé le fixa, exprimant son souhait de sortir. En réponse, il eut droit à un sourire lumineux et débordant d'affection. Surpris, il demanda :

- Nous nous sommes déjà rencontrés ?

FIN

« Le Juste marche dans son intégrité ; Heureux ses enfants après lui ! »

(Verset biblique)

# Sommaire

42802105R00082

Printed in Poland
by Amazon Fulfillment
Poland Sp. z o.o., Wrocław